Nippu
Mi nu
An

魔法の庭ものがたり
19

時間《じかん》の女神《めがみ》のティータイム

あんびる やすこ

ポプラ社

もくじ

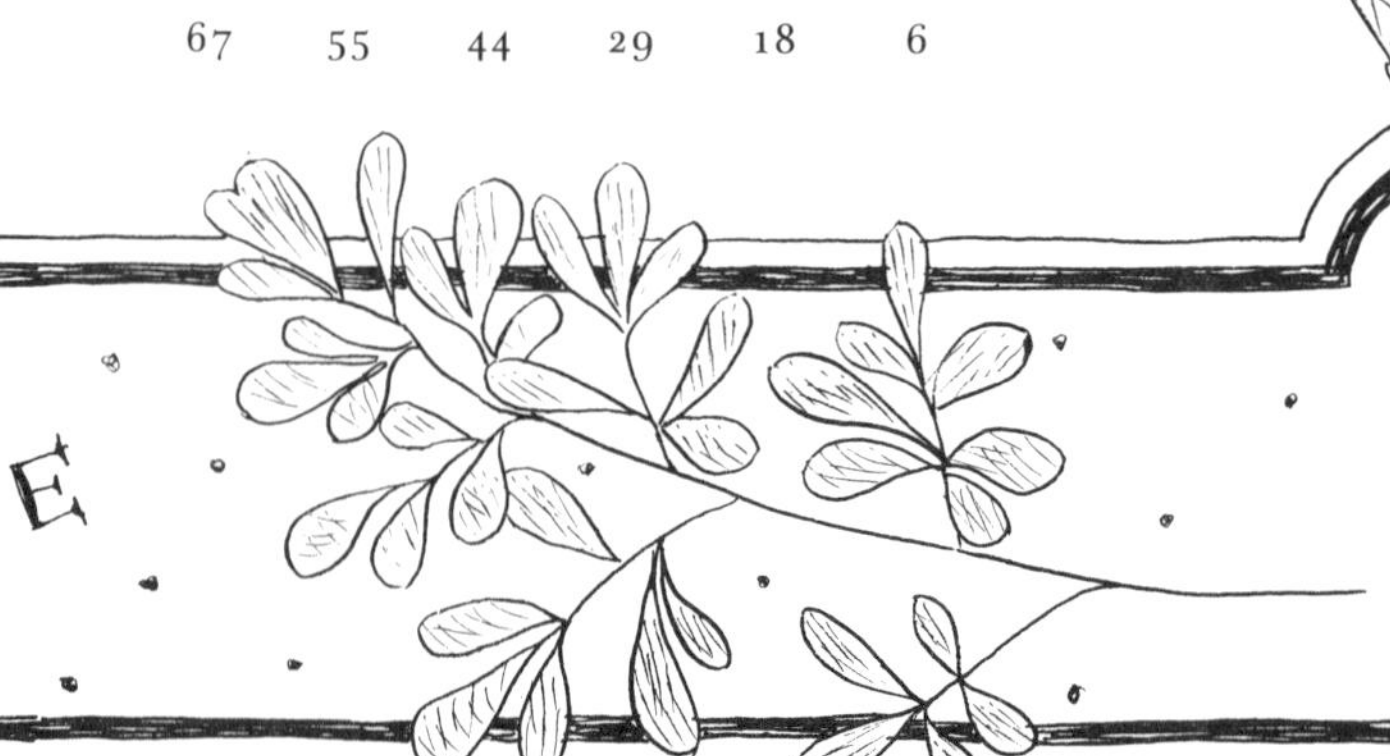

魔法《まほう》の庭《にわ》ものがたりの世界《せかい》

これは、魔女《まじょ》の遺産《いさん》を相続《そうぞく》した人間《にんげん》の女の子の物語《ものがたり》。
相続したのは、ハーブ魔女トパーズの家《いえ》、「トパーズ荘《そう》」と、
そのハーブガーデン、「魔法の庭」。そして、もうひとつ……。
トパーズがかいた薬草《やくそう》の本、「レシピブック」でした。
こうしてジャレットは、トパーズのあとつぎとして、
「ハーブの薬屋《くすりや》さん」になることになったのです。

パパとママ

ゆうめいな演奏家《えんそうか》。コンサートを
しながら世界中を旅《たび》している。
ジャレットのじまんの両親《りょうしん》。

トパーズ

ジャレットのとおい親せき。
心やさしいハーブ魔女で、
薬づくりの天才《てんさい》。自分の
あととりにふさわしい相続人
しか遺産をうけとれない
「相続魔法」を、家と庭とレシピ
ブックにかけてなくなった。

アン 女の子。
ちょっぴりなまいき。
オシャレさん。

ガーディ

「魔法の庭」の中央《ちゅうおう》にたつ
カエデの木の精霊《せいれい》。
「魔法の庭」のまもり神《がみ》で、相続人がきまるまで
人間のすがたになり、トパーズ荘をまもってきた。
いまは木の中にもどり、ジャレットを
あたたかく応援《おうえん》している。

ニップ 男の子。
勇気《ゆうき》いっぱい。
しっぱいもいっぱい。

チコ 男の子。頭《あたま》が
よくて、しっかりもの。

レシピブック

ハーブ魔女《まじょ》トパーズがかきのこした本。370 種類《しゅるい》のハーブ薬《やく》のつくり方《かた》がかいてある。ふしぎな魔法《まほう》がかかっていて、よむことができるのは、ジャレットただひとりだけ。しかも、魔女ではないジャレットには、よみたいと思ったページだけしか見えない。表紙《ひょうし》にはうつくしいピンクトパーズの宝石《ほうせき》がはめこまれている。

ジャレット

ハーブ魔女トパーズの遺産《いさん》を相続《そうぞく》した女の子。演奏旅行《えんそうりょこう》でいそがしい両親《りょうしん》とはなれ、トパーズ荘《そう》でひとりでくらしている。夢《ゆめ》はトパーズとおなじくらいりっぱなハーブの薬屋《くすりや》さんになること。

スー

ジャレットのともだち。「ビーハイブ・ホテル」のむすめ。

エイプリル

ジャレットのともだち。ピアノがうまい。

ベル 女の子。心やさしい、しんぱいや。

子ねこの足あと

ミール 男の子。マイペースなのんびりやさん。

ラム 男の子。優等生《ゆうとうせい》で、あまえんぼ。

1

彗《すい》星《せい》

　バラがなごりおしそうに、ほかの花に主役《しゅやく》をゆずる季節《きせつ》。お日さまが、ま上までのぼってくると、日ざしが矢《や》のように魔法《まほう》の庭を強くてらしはじめます。

「まあ、きょうは、なんて暑《あつ》いのかしら」

　ラベンダーの手入れをしていたジャレットは、汗《あせ》をふきながら立ちあがりました。

「おひげがこげちゃいそうだよ、ジャレット」

「お耳がチリチリするわ、ジャレット」

庭《にわ》にいた子ねこたちも、たまらずにトパーズ荘《そう》へひきあげます。

夏の庭仕事《しごと》は朝はやくにすませるのが一番。こんなにお日さまが高くのぼってしまっては、もう水やりもできません。

まぶしい庭から急《きゅう》にトパーズ荘へ入ると、家のなかは、はじめはうす暗《ぐら》く、ひんやりと感《かん》じます。ジャレットは、キッチンに入ると、かぶっていたぼうしをぬいでイスにかけました。

「さあ、子ねこたち。しんせんなお水を、たくさんめしあがれ」

ジャレットはそういって、冷《つめ》たい水を子ねこたちにあげました。

それから、ピカピカにみがいたグラスに、まっ赤《か》なお酢《す》を少しだけ注《そそ》ぎます。これは、ハイビスカスとローズヒップを、リンゴのお酢に二週間つけこんでつくったハーブビネガー。ここへ冷たくてあま

いサイダーをジュワッと注《そそ》げば、きれいでおいしいビネガードリンクのできあがりです。ひと口のみこむと、ほてった体がすうっと冷《ひ》えていくような気がしました。

そのとき。ききなれた声が、ひびいてきます。

「わたしにも、それを一ぱいちょうだい、ジャレット」

「わたしにも」

そういってトパーズ荘《そう》にやってきたのは、スーとエイプリルです。

その日、スーは家の手伝《てつだ》いでとてもいそがしくしていました。いまはちょっとだけ、こっそりとぬけだしてトパーズ荘へやってきたのです。

スーの家は、この村でただ一軒《けん》のホテル、ビーハイブ・ホテル。こんなにいそがしいのは、あしたから一週間、全部《ぜんぶ》の部屋《へや》がずっと

うまっているからでした。

「どの部屋《へや》のおきゃくさまも、ひとりのこらず天文学者《てんもんがくしゃ》なのよ」

そうきいて、ジャレットとエイプリルは、顔を見あわせます。

「まあ、スー。そんなにたくさんの天文学者がくるなんて。この村にいったい、どんなご用《よう》があるのかしら？」

「もちろん『彗星《すいせい》』を見るためよ、ジャレット」

それをきくと、ジャレットも、なるほど、と、うなずきました。

さいきん、この村でも、「彗星《すいせい》」が話題《わだい》にでない日はありません。もう何日かすると、夜空に光の尾《お》をひいた彗星がうつくしいすがたをあらわすからです。

「百年ぶりに見られる彗星なのよね。ロマンチックだわ」

エイプリルが、うっとりといいました。

彗星《すいせい》というのは、宇宙《うちゅう》を旅《たび》している星のこと。なかには、大きなだ円《えん》をえがくように旅している星もあります。そういう星は、一周《しゅう》して、またおなじ場所に帰ってくることもありました。ふだんは、とても遠くを旅しているので見ることはできません。けれど、地球《ちきゅう》に近づいてきたときだけ、わたしたちもそのすがたを見ることができるのです。

今度《こんど》やってくる星も、そんな彗星のひとつでした。しかも、一周するのに百年もかかるのです。ですから、そのすがたを見られるのも、百年に一度《ど》きりというわけでした。

「大学や研究所《けんきゅうじょ》のある大きな街《まち》は、夜も昼のように明るいし、高い建物《たてもの》が多くて星があまり見えないんですって。だから、天文学者《てんもんがくしゃ》たちは、暗《くら》くて見晴らしのいいこの村に、彗星の観測《かんそく》にやってくるのよ。おかげでうちのホテルは大いそがし」

スーはそういってから、ため息《いき》をつきました。

「ママはすっかり『せっかちさん』になっちゃったの。じっとしてるママを見たのはいつだったか、思いだせないくらいよ。そしてね、こんなときには、きまってこういうの。『わたしにはバカンスが必《ひつ》要《よう》よ』って」

それをきいて、エイプリルは目をまるくしました。

「まあ、スー。うちのママもおなじことをいうわ」

そういってから、ふたりはテーブルにおいてある一まいの絵はがきを見つけました。ハワイのうつくしい海辺《うみべ》の絵はがきです。それは今朝《けさ》、ハワイでコンサートをひらいているジャレットのパパとママからとどいたばかりでした。

絵はがきの写真《しゃしん》に、スーもエイプリルもうっとりと見とれます。

「なんてきれいな海！　まるで青いソーダ水にアイスクリームをとかしたような色ね」

スーがそういうと、エイプリルも、こうつづけました。

「わたしのママのいう『バカンス』って、こういうところですごすことだと思うわ」

それをきいて、スーは大きくうなずきました。

「ハワイでバカンスをすごせるなんて、ジャレットのパパとママはしあわせね」

するとジャレットは、目をまるくして首をふります。

「とんでもないわ、スー。うらがえして手紙を読んでみて」

うつくしい海の写真《しゃしん》のうらには、ジャレットのママの字で手紙が書いてありました。

それを読みすすめると、スーとエイプリルは、がっかりしてしまいます。

そこには、コンサートでいそがしくすごすパパとママのようすが書いてあったからです。

「まあ！　何時間も飛行機《ひこうき》に乗《の》ってハワイへいくっていうのに、コンサートがおわったら、すぐにハワイをとびたつ予定《よてい》だって書いてあるわ」

エイプリルは、おどろいてさけびました。スーも気のどくそうに、

こうつづけます。

「それに、飛行機《ひこうき》に乗《の》っているあいだは、よくねむれない……ですって。ジャレットのパパもママも、とてもつかれているみたいね」

はがきを読みおえたスーは、エイプリルと顔を見あわせました。

夢《ゆめ》のようなバカンスとは、ずいぶんちがいます。

「大人《おとな》はどうしてみんな『せっかちさん』なのかしら。せっかくハワイにいるのに」

スーはそういったあと、急《きゅう》に何かを

思いついて、すっくと立ちあがりました。

「そうだわ！　ジャレット。大人《おとな》たちには、『せっかちさん』をなおすお薬《くすり》が必要《ひつよう》なのよ。バカンス気分になれるハーブティーとか……」

そういわれて、ジャレットは首をかしげます。

「でも……、そんなお薬ってあるかしら？　『せっかちさんをなおすハーブティー』なんて、きいたことがないわ」

でももし、そんなハーブティーがあったら、すぐにでもパパとママに送《おく》ってあげたい……ジャレットは、心からそう思いました。

2

からっぽの鉢《はち》

「彗星《すいせい》」と「バカンス」の話がひとしきりおわると、エイプリルはふしぎそうな顔で、キッチンの窓《まど》辺《べ》を見つめました。そこには、三日前から小さな鉢《はち》がひとつ、おいてあったのです。

「ねえ、ジャレット。その鉢には、どうして何も植《う》えてないの？」

　エイプリルがそうたずねるのも、むりもありません。

　なぜなら、鉢には黒々《くろぐろ》とした土が入っているだけで、何も生《は》えていなかったからです。

すると、スーが目をかがやかせて、こうたずねました。

「何かのおまじない？　ジャレット。魔法《まほう》の小石とか、ステキな宝《ほう》石《せき》がうめてあったりするのかしら」

そうきいて、ジャレットは困《こま》ったようにわらいました。

「いいえ、スー。この鉢《はち》にうめてあるのは、ふつうのハーブの種《たね》よ。まだ芽《め》がでていないだけ」

そして、ジャレットは窓辺《まどべ》に立つと、しんぱいそうに、鉢をじっとのぞきこみました。

「やっぱりまだ、芽がでていないわ」

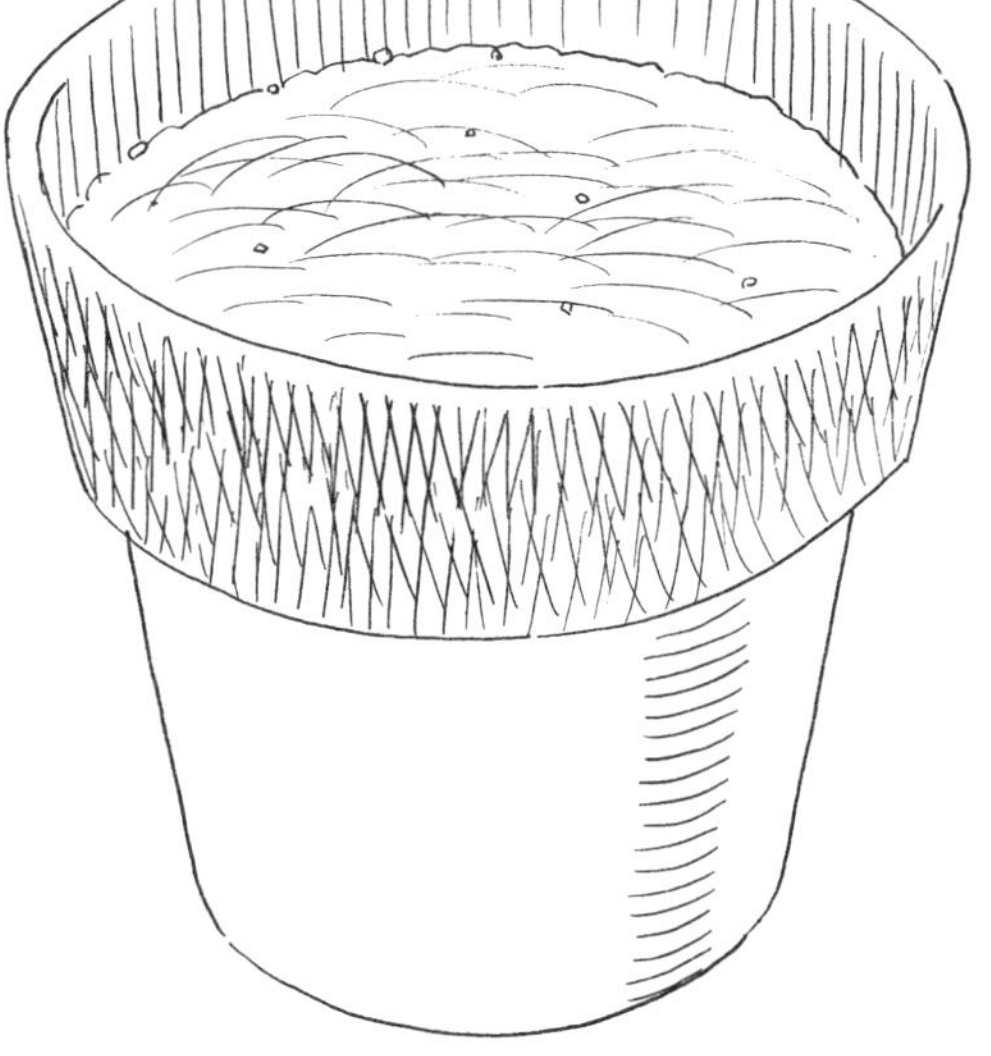

そして、ざんねんそうに、こうつづけます。

「二週間前に、五つの鉢《はち》にバジルの種《たね》をまいたの。この鉢は、そのなかのひとつよ。五つの鉢のうち四つは、一週間もたたずに芽《め》をだしたわ。いまでは大きな葉《は》っぱもでて、もう庭《にわ》に植《う》えかえてあるの」

そういって窓《まど》をあけると、魔法《まほう》の庭にツヤツヤの葉っぱをひろげる小さなバジルが四かぶ、ならんでいるのが見えました。

それを見て、ピザが大《だい》好《す》きなスーは思わずこういいます。
「おいしそう！　ピザにのせる葉《は》っぱだわ」
スーが好《す》きなのは、シンプルなピザ。トマトでつくったまっ赤《か》なソースと、おいしいチーズ、そしていいかおりの緑《みどり》色のバジルをのせて焼《や》きあげたピザです。
ジャレットはスーのことばに、にっこりとうなずきました。

「その通りよ、スー。でも、バジルはピザだけでなく、いろいろなお料理《りょうり》に使《つか》えるハーブなの。だから、キッチンの前のハーブガーデンに、ぴったりのハーブね。それに、かんたんに種《たね》から育《そだ》てられるのよ」

といってから、ジャレットは顔をくもらせました。

「そう……、かんたんなはずなのに……」

ジャレットは鉢《はち》を手にとると、首をかしげます。

「どうしてこの鉢の種《たね》だけ、芽《め》がでてこないのかしら？　はやく芽がでるように、三日前から日あたりのいいこの窓辺《まどべ》においてみたけれど、さっぱり効果《こうか》がないわ」

三人はしばらく、まっ黒な土をのぞいていましたが、すぐにまたいつものように、べつの楽しい話がはじまりました。

そうして、おいしいハーブビネガーのグラスがからっぽになったころ、「またね」といって、ふたりは帰っていったのでした。

トパーズ荘《そう》のドアからふたりを見おくったジャレットの足もとに、子ねこたちがあつまってきます。

「見てよ、ジャレット。あのきれいなチョウが、またやってきたよ！」

見ると、あざやかな青いチョウが魔法《まほう》の庭《にわ》を舞《ま》っていました。

夏になった魔法の庭には、たくさんのミツバチや虫が毎日やってきます。

そのなかでも、この青いチョウの

うつくしさには、いつも
ハッとなりました。
ひらひらと舞《ま》うチョウを見て、
ニップは思わずおしりをあげて、
ユラユラとしっぽをふりはじめます。
なにか動《うご》くものを見ると、
ねこたちはたまらなくなって、
そうするのです。
「おいら、きょうこそあのチョウと、
友だちになるぞ。きれいなはねに、
ちょっとさわらせてもらうんだ」
ニップがそういうと、ほかの

子ねこたちも熱心《ねっしん》に
うなずきました。
「ぼくだって」
「わたしは耳に
とまってほしい。
リボンみたいで、ステキでしょ」
と、アンがいうと、ベルも、うっとりとうなずきました。
「きょうこそ、チョウに追《お》いつかなくちゃ」
子ねこたちはそういいながら、トパーズ荘《そう》の
ドアから庭《にわ》にとびだしていきました。
でも、とびだしていったかと思うと、
いくらもいかない

うちに、いっせいに、ドアの
ほうをふりむいて、こうさけびます。
「はやくはやく！　ミール」
「チョウがとんでいっちゃうよ、ミール」

一ぴきだけ、でおくれているのは、ミールです。
のんびり屋《や》のミールは、何をするのも六ぴきの
なかで、一番さいご。

「ねえ、みんな、
ちょっと待《ま》ってよ」
そういってドアから
でると、庭《にわ》の光の
まぶしさに、思わず

足をすくめます。そんなミールに、また五ひきが声をそろえていいました。

「はやくはやく！　ミール」

のんびり屋《や》のミールをせきたてる五ひきの子ねこたち。それを見て、ジャレットは肩《かた》をすくめました。

「まあ！　せっかちさんは、パパやママだけじゃないみたい」

3

キャミーのお薬《くすり》

その夜のこと。

一ぴきの小さな動物《どうぶつ》が、ゆっくりと魔法《まほう》の庭《にわ》へ入ってきました。かわいいイタチの女の子です。

イタチはのんびりとさんぽでもするように、魔法の庭をすすみました。庭のハーブのかおりをかいだり、石だたみのひんやりする感《かん》じを楽しんだり。少しすすむたびに足を止めています。そんなふうでしたから、トパーズ荘《そう》のドアの前にくるまでには、ずいぶん時間がかかりました。そうしていよいよノックをすると、なかからきこえてくるジャレットの声に、耳をすましました。

「いらっしゃいませ」

ドアをあけたジャレットの顔を、イタチの女の子はずいぶん長く見あげていました。それから、ていねいにゆっくりとおじぎをします。それはまるで、スローモーションの映像《えいぞう》を見るようでした。

「……はじめ、まして、ハーブの、お薬屋《くすりや》さんの、ジャレットさん。わたしは、イタチの、キャミーです」

キャミーは、ゆっくりとそういいました。とてもゆっくりだったので、たったこれだけをきくあいだにも、ジャレットは三回もうなずきました。

「ようこそ、キャミー。お薬《くすり》の注文《ちゅうもん》ですね。さあ、
トパーズ荘《そう》へ
お入り
くださいな」

それから、キャミーがすすめられたイスに腰《こし》をおろすまで、もちろんものすごく時間がかかりました。
子ねこたちは、そのあいだ、じりじりとジャレットとキャミーのあいだをいったりきたりします。

「キャミーって、とってものんびり屋《や》さんだね」

「ミールより、ずっとのんびりしているよ」

「キャミーは、それをなおしたいんじゃないのかな」

子ねこたちは小さな声で、そういいあいました。

すると、キャミーは耳をゆっくりと立てて、目を見はります。

「……まあ、小さな、ねこさんたち。その通りよ。どうして、わかったの？」

それからキャミーは、じっとジャレットを見あげました。そして、ゆっくりと話しはじめたのです。

「……ジャレットさん。わたしの、なやみは、のろまな、ことなの。何を、やるにも、みんなより、時間がかかるの。……なんとか、みんなと、おなじはやさで、やろうと、がんばっても、あせってしまって、失敗《しっぱい》ばかり……」

そう話すと、キャミーはうつむい

てしまいました。きっと、とても落《お》ちこんでいるのでしょう。そうでなければ、のんびり屋《や》のキャミーが、わざわざここまでくるはずもありません。

「だいじょうぶ？　キャミー。元気をだしなよ」

そういってなぐさめたのは、おなじのんびり屋のミールです。

はげまされたキャミーは、うれしそうにうなずきました。そして、ゆっくりと顔をあげて、もう一度《ど》ジャレットを見つめたのです。

「……ジャレットさん。わたしは、みんなみたいに、なんでも、さっさとやれる、イタチに、なりたいの。どうか、そんなお薬《くすり》を、つくってくださいな」

そうたのまれて、ジャレットは考えこみました。

（のんびり屋がなおるお薬なんて、レシピブックに書いてあるかしら？）

なかなか返事《へんじ》をしないジャレットを、ミールがじっと見あげています。

「キャミーに、お薬《くすり》をつくってあげてよ、ジャレット」

すると、ほかの五ひきの子ねこたちも口ぐちにいいました。

「おいらも、そうしてほしいな、ジャレット」

「キャミーは、ここまでくるのもたいへんだったはずよ、ジャレット」

ジャレットも、ミールの顔をじっと見つめました。自分とおなじのんびり屋《や》さんのキャミーを、とてもしんぱいしているのがわかります。ジャレットはため息《いき》をついて、とうとういいました。

「わかったわ、キャミー。キャミーの望《のぞ》みがかなうようなお薬をつくってみましょう」

それから、はげますようにキャミーにわらいかけます。

「あしたまた、ここへこられるかしら？　キャミー。お薬《くすり》をわたしたいの。でも、いそがなくていいのよ。ゆっくりいらっしゃいね」

そういわれると、キャミーは心からほっとしました。そして、何《なん》度《ど》もふりかえりながら、ゆっくりゆっくりゆっくり森へ帰っていったのです。

「なんでもさっさとできるようになるお薬《くすり》……って、どんなお薬かしら？」

ジャレットは、キャミーの注文《ちゅうもん》をくりかえして、首をかしげました。

「レシピブックにきいてみたら？　ジャレット」

ベルがそういうと、ミールがピョンとテーブルにとびのりました。

「『のんびり屋《や》をなおす薬』のつくり方を、きいてみてよ、ジャレット」

でも、チコはしっぽをパタパタと鳴らしています。チコは何かを考えるときに、いつもそうするのです。そして、こういいました。

「そんなお薬のレシピはないんじゃないかな、ミール。もっとべつのお薬のレシピをさがしたほうがいいよ、ジャレット」

そうきいて、ジャレットは、ますますなやんでしまいました。レシピブックをテーブルにおくと、ため息《いき》をつきます。

「そうかもね、チコ。のんびり屋《や》といっても、キャミーはなまけ者《もの》じゃないんですもの。のんびり屋をなおすお薬《くすり》は、いらないはずよ」

するとアンが、ツンと鼻《はな》をあげていいました。

「そうかしら？　だってキャミーは、何をするにも、みんなよりよけいに時間がかかるのが、いやなんでしょ？」

するとチコのしっぽがピタッととまりました。

「その通りだよ、アン。キャミーは、みんなといっしょに何かをはじめても、一番時間がかかって、一番さいごになっちゃう。

それをなおすのはかんたんさ！

みんなよりはやくはじめればいいんだ。ねえ、ジャレット」

チコの話に、ジャレットは目をまるくしました。

「みんなよりはやくはじめるのは、いいアイデアね、チコ。でもそれなら、ハーブのお薬《くすり》は必要《ひつよう》ないわ」

　すると、ミールがジャレットをじっと見あげました。

「とんでもない！　すごく必要《ひつよう》だよ、ジャレット。のんびり屋《や》が人よりはやく何かをはじめるのは、たいへんなことなんだから」

　そのことばに、ラムもとなりでうなずきます。

「そうかもね、ジャレット。のんびり屋には、『さあ、はやくはじめよう』って、肩《かた》をたたいてくれるようなお薬《くすり》が必要なのかも」

　するとジャレットの目は、

急《きゅう》にいきいきとかがやきはじめました。

「きっとそうね、子ねこたち。キャミーに必要《ひつよう》なお薬《くすり》がわかったわ。それは、やる気をあとおししてくれる『応援団《おうえんだん》』みたいなお薬よ」

そうきくと、子ねこたちも、一ぴきのこらず賛成《さんせい》しました。

「そんなお薬なら、きっとレシピブックに書いてあるね、ジャレット」

「はやくレシピブックにきいてみてよ、ジャレット」

ジャレットはうなずいて、レシピブックに、こうたずねました。

「やる気をあとおししてくれて、『さ

あ、やろう』って応援《おうえん》してくれるような、そんな
ハーブのお薬《くすり》を教えてちょうだい」
　するとレシピブックにはめこまれた
ピンク色の宝石《ほうせき》が、キラリと
かがやきました。たずねた
通りのハーブのお薬の
レシピを、

ジャレットに
教えてくれるのです。
ジャレットは、レシピブックの
ページをめくって、あたらしく読めるように
なったページをさがしだしました。
「このレシピね。これはハーブティーのブレンドレシピだわ。
ハーブティーなら、いつでものめるから、キャミーにぴったりね」

4

のんびり屋《や》さんのハーブティー

ジャレットは、さっそくハーブティーをつくってみることにします。まずは、レシピブックに書いてある通りのハーブを、たなからさがしました。

ハーブはそれぞれがちがうききめをもっています。ハーブティーは、そんなハーブを少しずつまぜあわせて、ひとつのお茶《ちゃ》にしあげるお薬《くすり》でした。ですから、まぜあわせる種類《しゅるい》しだいで、どんなおきゃくさまにもぴったりのハーブティーがつくれるのです。

「これで、全部《ぜんぶ》そろえたわ」

ジャレットがテーブルにならべたのは、五つのハーブ。どれも、体や心を元気にしてくれるハーブばかりです。そのうち四つは、魔《ま》法《ほう》の庭《にわ》で育《そだ》ったハーブをていねいにかんそうさせたドライハーブでした。

まず、ペパーミント。スウッとしたさわやかなかおりのハーブで、元気のでない気分をふきとばして、シャキッとさせてくれます。

つぎは、ローズマリー。これは、わかがえりの薬《くすり》といわれるハーブです。元気をだしたいときには、かかせません。

それから、レモングラス。このハーブはレモンのようないいかおりがします。ぼんやりした気分や体を目ざめさせるハーブです。

そして、セージも少し。セージは、むかしから何にでもきくといわれてきたハーブ。何かにとりくむときの熱心《ねっしん》な気もちをよびさましてくれるききめがあります。

さいごに、オレンジピールも。これはイタリアで実《みの》ったしんせんなオレンジの皮《かわ》をかわかしてつくりました。ビタミンC《シー》がたっぷり入っていて、体を元気にしてくれます。

この五つのドライハーブをまぜあわせると、スッキリとして、さわやかなかおりが立ちのぼりました。

「ステキなかおりだね、ジャレット」

ミールが、鼻《はな》をスンスンともちあげました。

「これをティーバッグにすれば、できあがりよ、ミール」

そういって、ジャレットは、四角に切ったガーゼを七つ、テーブルにならべました。そのまんなかに、まぜあわせたドライハーブを少しずつおいていきます。さいごに、ハーブをつつむように、ガーゼでふんわりしたきんちゃくをつくり、お料理《りょうり》用《よう》の糸でしばりとめました。

あっというまに、七つのティーバッグのできあがりです。

「のこったハーブティーのブレンドは、びんに入れてとっておきましょう」

ジャレットがびんをたなにならべようとしたとき、かべにピンでとめてあった絵はがきが目にとまりました。

パパとママからきたハワイの絵はがきです。うつくしい海の写真《しゃしん》を見て、ジャレットは肩《かた》をすくめました。

「がんばりすぎのパパとママには、やる気を応援《おうえん》してくれるハーブティーは、のませたくないわ。スーのいう通り、せっかちさんをなおすハーブティーのほうが必要《ひつよう》かも」

そして絵はがきの前で、首をかしげます。

（のんびり屋《や》さんとせっかちさん……、ほんとうにお薬《くすり》が必要なのは、どっちなのかしら？）

つぎの日の夜。

ゆっくりとしたノックの音が、きこえてきました。

「きっとキャミーだよ、ジャレット」

子ねこたちといっしょにドアをあけると、やっぱりキャミーが

立っています。

「いらっしゃい、キャミー。ちゃんと、きのうとおなじ時間にこられたじゃない」

ジャレットにそういわれると、キャミーはとてもうれしそうな顔をしました。

「お薬《くすり》はできているわ。さあ、どうぞ。キャミー」

ティーバッグが入ったふくろを受《う》けとったキャミーは、ゆっくり息《いき》をすいこんで、ゆっくりとこういいました。

「……わあ、いいかおり。うっとり、しちゃう」

「それは、ハーブティーよ、キャミー。それでお茶《ちゃ》をいれるの」

ジャレットがそういうと、さっきまでうれしそうだったキャミーの顔が、急《きゅう》にくもります。

「……わたしが、自分で、お茶を、いれるの？　ジャレット」

何をするにも手間どって、失敗《しっぱい》ばかりしているキャミーは、お茶をいれる自信《じしん》もないのです。そして、しんぱいそうにティーバッグをながめました。

「……のろまな、わたしでも、うまく、いれられるかしら……？」

キャミーがそういいおわるのを待《ま》ちかねて、ジャレットは体をのりだしました。

「もちろんですとも、キャミー。このハーブティーは、ティーバッグになっているから、だいじょうぶ。ポットとってもかんたんなのよ。ポットに入れて、お湯《ゆ》を注《そそ》いで三分たったら、とりだせばいいの」

すると、キャミーもやっと、ゆっくりうなずきました。

「……かんたん、そうね」

そんなキャミーを、子ねこたちもはげましします。

「うん、かんたんさ、キャミー」

「しんぱいないわ、キャミー」

こうして、キャミーはティーバッグをもって、また森に帰っていきました。ジャレットはキャミーをドアから見おくりながら、少しだけしんぱいになります。そして、さいごにこういいました。

「もしうまくハーブティーがいれられなくても、落《お》ちこまないで、キャミー。そのときには、もう一度《ど》トパーズ荘《そう》をたずねてきてね」

5

宇宙人《うちゅうじん》カールの注文《ちゅうもん》

つぎの日の昼すぎのこと。

キッチンには、お昼にいただいたトーストのこうばしいかおりがまだのこっています。

ジャレットは、おかわりのミルクティーをカップに注《そそ》ぐと、とどいたばかりの新聞《しんぶん》をひらきました。

新聞といっても、このあたりの村の家だけに、月に一回とどく、回《かい》らん板《ばん》のようなもの。いくつかの村があつまって、近所のイベントやニュースをのせる新聞をつくっているのです。今月の一番のニュースは、やっぱり「彗星《すいせい》」でした。今回の「彗星」を見るには、地球《ちきゅう》のいろいろな場所のなかでも、このあたりが一番だといわれているからです。

「いよいよあさってから、彗星が見えるって書いてあるぞ」

新聞《しんぶん》をのぞきこんでいたチコが、目をかがやかせました。

「楽しみね、ジャレット」

「待《ま》ちきれないな、ジャレット」

よろこぶ子ねこたちに、ジャレットもにっこりとほほえみました。

「新聞には、こう書いてあるわ、子ねこたち。『彗星がよく見えるように、村では八時から二時間のあいだ、街灯《がいとう》を消《け》すことにしました。おでかけのときは、懐中電灯《かいちゅうでんとう》をおわすれなく。この時間には家の電灯も消すことをおすすめします。村中をまっ暗《くら》にして、みんなで百年ぶりにやってくる彗星《すいせい》を見あげましょう』ですって」

それをきいて、子ねこたちはますます大よろこび。

「ワクワクしちゃう」

「なんてったって、百年ぶりだものね」

「トパーズ荘《そう》も、電灯《でんとう》を消《け》すんでしょう？　ジャレット」

「もちろん、そうするつもりよ、子ねこたち」

そういってから、ジャレットは、きのうスーが遊びにこなかったことに気がつきました。

「きっと、ホテルが大いそがしなのね。天文学者《てんもんがくしゃ》たちは、きのう、ビーハイブ・ホテルに到着《とうちゃく》するっていっていたもの」

と、そのとき。ドアをノックする音がきこえてきました。

（スーとエイプリルかしら？）

そう考えながらドアをあけると、そこに立っていたのは、ひとりのわかい男の人でした。

見たことのない人でしたから、村に住《す》んでいる人ではありません。

ジャレットは、その人の頭の先からつま先まで、二回も目をいったりきたりさせました。彼《かれ》がとても気楽で、正直《しょうじき》にいうと、むさくるしいかっこうをしていたからです。

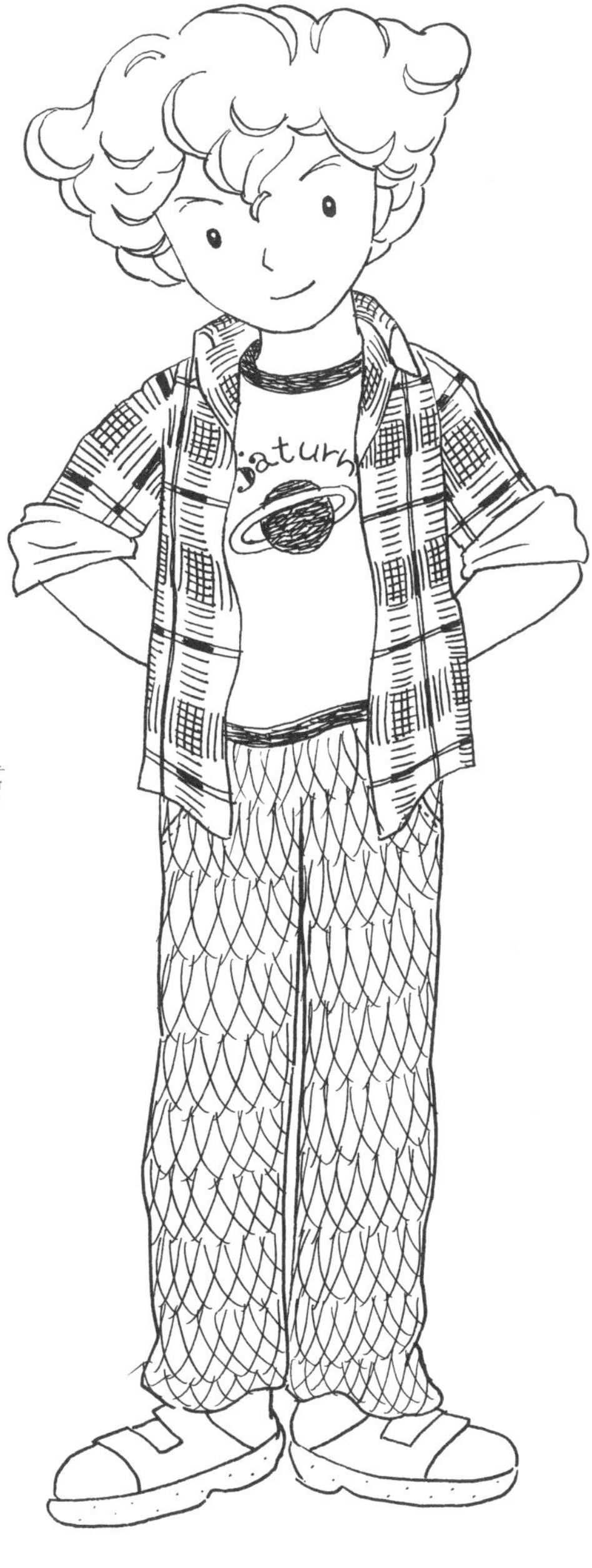

もじゃもじゃ頭。よれっとしたT《ティー》シャツに、もっとよれっとしたチェックのシャツ。ちょっとよごれたデニムにビーチサンダル。

（きっと彼《かれ》には、服《ふく》のことより大事《だいじ》なことがあって、そのことでいつも頭がいっぱいなんだわ……）

ジャレットは、そう思うことにして、じろじろと目を動《うご》かすのをやめました。

「やあ、どうも。こんにちは」

少してれたように、彼《かれ》はそういいました。

そのときジャレットは、彼が着《き》ているT《ティー》シャツのプリントに気がつきます。

それは、土星《どせい》の絵でした。

それを見て、ジャレットは、あっと思いました。彼《かれ》は、きのうやってきた天文学者《てんもんがくしゃ》のひとりにちがいありません。

「いらっしゃいませ。スーの……、ビーハイブ・ホテルのおきゃくさまですね」

するると、彼は目をまるくしておどろきました。それから、ゆかいそうに、こういったのです。

「その通りだよ！　なんでもお見通しだなんて、やっぱり、きみは

魔女《まじょ》だね？　ここは魔女の館《やかた》だけど、きみは魔女じゃないって、ホテルできいてきたんだ。だけど、やっぱり魔女だ」

「いいえ。わたし、魔女じゃありません。ざんねんだけど……」

ジャレットがそういっても、彼《かれ》は少しもがっかりしませんでした。

そして、大げさにおじぎをして見せたのです。

「はじめまして。魔

女じゃない、『魔女《まじょ》ジャレット』。ぼくは、宇宙人《うちゅうじん》のカールだよ」

「宇宙人ですって⁉」

ジャレットがおどろくようすを見て、カールはとても満《まん》足《ぞく》しました。

「きみだって宇宙人さ、ジャレット。地球人《ちきゅうじん》も、よその星から見たら、全員《ぜんいん》宇宙人だからね」

そうきくと、ジャレットは目をぱちくりさせまし

た。それからおかしくなって
ふきだします。
急《きゅう》にトパーズ荘《そう》にやってきて、
こんなにおかしなことばかりいう人は、
はじめてです。
そこでジャレットは、こう話しかけました。
「魔《ま》法《ほう》の庭《にわ》とトパーズ荘へようこそ、宇宙人《うちゅうじん》カール。
お薬《くすり》のご注文《ちゅうもん》ですか?」
すると、カールはしんけんな顔になってうなずきました。
「うん。たすけてほしいんだ、ジャレット。彗星《すいせい》を観測《かんそく》しているときに、ねむくなりそうでしんぱいなんだよ。なにしろ、ひと晩中《ばんじゅう》おきていることになるからね。ところが、ぼくはコーヒーが苦手《にがて》とき

てる。たくさんのむと、おなかがいたくなるんだ」

そうきくと、ジャレットは同情《どうじょう》しました。

「まあ、カール。それはお困《こま》りね」

「うん。実《じつ》に困ってる。観測中《かんそくちゅう》に、うとうとしたら、たいへんだからね。それで、コーヒーのかわりになるようなお茶《ちゃ》がほしいんだ。そういうハーブティーってあるのかな？」

するとジャレットは、にっこりとうなずきます。

「ええ、ありますとも。きっと注文《ちゅうもん》にぴったりのハーブティーを、ご用意《ようい》します」

そのことばに、カールはパッと笑顔《えがお》にもどりました。

「ありがとう、ジャレット。評判《ひょうばん》通りのハーブの薬屋《くすりや》だ」

そういってから、カールは思いきり、のびをしました。

「よーし！　これで観測《かんそく》のじゅんびは全部《ぜんぶ》おわったぞ。たりないものは、何もない。あとは彗星《すいせい》がやってくるのを待《ま》つだけだ」

はりきるカールのようすを見て、ジャレットはこうたずねました。

「この庭《にわ》からも、彗星が見えるかしら？」

「もちろん見えるよ、ジャレット。ちょうどあっちの方角さ」

と、カールが指《ゆび》さした庭の木戸の前に、スーとエイプリルが立っていました。

6

ハレー彗星《すいせい》

「いらっしゃい、スー、エイプリル。彼《かれ》はね……」

ジャレットがカールをしょうかいしようとすると、スーがかわって、その先をつづけました。

「宇宙人《うちゅうじん》のカールでしょ？　うちのホテルのおきゃくさまよ」

それからカールを見あげてにっこりわらいました。

「ママから伝言《でんごん》よ、カール。お夕食は五時半から、ですって。ずいぶんはやいけど、空が暗《くら》くなる前に食べおわりたいのよね」

カールはうなずきました。

「彗星《すいせい》がハッキリ見えるようになるのはあさってからだけれど、今《こん》晩《ばん》から、じゅんびをはじめるんだ。いまも、ジャレットと彗星の話をしていたんだよ」

そうきいて、エイプリルとスーは目をかがやかせます。

「わたしもききたいわ、彗星《すいせい》の話。ロマンチックですもの」

「わたしにもきかせて、カール」

すると、カールはうれしそうに三人の顔をのぞきこみました。

「じゃあ、イギリスの天文学者《てんもんがくしゃ》、エドモンド・ハレーっていう人の話をしよう」

その名前に、三人は顔を見あわせました。

「ハレー彗星《すいせい》のハレーさん？　その彗星なら
きいたことあるわ」
カールもうなずきます。
「うん。この世《よ》で一番有名《ゆうめい》な彗星だからね。
なにしろ二二〇〇年以上《いじょう》前の人も、ハレー
彗星を見ていたくらいだ。もっとも、
そのときには、そういう
名前じゃなかったけど」
そのことばに、ジャレットたちは
目を見はりました。
「そんなむかしのことが、どうして
わかるの？　カール」

「見た人が書きのこしていたからさ。そのあとも、ハレー彗星《すいせい》がやってくるたびに、それぞれの時代《じだい》の人が書きのこしていったんだ。ハレーは、そんなむかしの記録《きろく》をいくつか見つけて、それがみんなおなじ星で、おなじところをグルグルまわっているんじゃないか、って思いついたんだよ。それで『この星は七十六年後にまたあらわれる』って予言《よげん》したんだ」

そこまできくと、スーはすっかり感心《かんしん》しました。

「すごいわ、ハレー！　きっとみんなに尊敬《そんけい》されたでしょうね」

するとカールは、肩《かた》をすくめました。

「さあ、どうかな。『ほらふき』と思った人もいたと思うよ」

「でも、七十六年後にちゃんと予言《よげん》通りになったんだから、尊敬されたはずだわ」

ジャレットがそういうと、カールもうなずきました。

「うん、七十六年後には尊敬された。だから彗星《すいせい》には、彼《かれ》の名前がついているんだ。でもそのときには、ハレーはもう亡《な》くなっていたけれどね」

そうきくと、三人はがっかりしました。

「う〜ん、ざんねん」

「亡くなってから、みんなにすごいっていわれるなんて」

「せめて、予言《よげん》が当たったかどうかだけでも、知りたかったはずよ」

すると、カールはまた肩《かた》をすくめました。

「そうかな？　ぼくはそう思わない。ハレーはきっと満足《まんぞく》だったと思うんだ」

そのことばに、三人はまた目をまるくします。

「どうしてそう思うの？　カール」

と、カールはすっと目をとじて、顔を空にむけました。

「つぎの時代《じだい》の天文学者《てんもんがくしゃ》に、メッセージをのこせたからさ。タイムカプセルに手紙を入れて地面《じめん》にうめるのといっしょだよ。それだけでもワクワクするだろ？」

そうきいても、三人は首をかしげたまま、顔を見あわせただけでした。

「それじゃあ、カールががんばって観測《かんそく》したデータがつぎに使《つか》われるのは百年後。そのときに大発見《だいはっけん》があっても、百年後の天文学者《てんもんがくしゃ》のお手がらになっちゃうじゃない。それでもいいの？」

「もちろんさ。そうやって長い長い時間をかけて、少しずつ研究《けんきゅう》をすすめていくしかないんだ。今度《こんど》の彗星《すいせい》みたいに、百年に一度しか見られないことを調《しら》べるには、ひとりの人間の一生よりずっと長い時間が必要《ひつよう》だからね。天文学でなにかを成《な》しとげるには、うんと気を長くもたなくちゃ」

そのとき、カールの足もとを、子ねこたちが一列《れつ》になって通りすぎていきました。その一番さいごをゆっくり歩くミールを、カールはだきあげます。そして、その小さなひたいをやさしくなでて、こういってから帰っていきました。

「ハーブティーは、あしたとりにくるからね、魔女《まじょ》ジャレット。よろしくたのむよ、徹夜《てつや》の観測《かんそく》がはじまるのは、あさってからだ！」

その夜。
ジャレットはテーブルにレシピブックをおきました。カールの注《ちゅう》

文《もん》にぴったりのレシピを調《しら》べるのです。
「ねむいときでも目がさめるハーブティーが知りたいの」
ジャレットがそうたずねると、ピンク色の
宝石《ほうせき》にゆらりと光が走りました。
「やっぱりあったわ。
リフレッシュには
ハーブティーは
ぴったり
ですもの」

よろこんで
レシピブックを
ひらくと、あたらしい
レシピはすぐに見つかりました。
そこには、「眠気《ねむけ》をふきとばすハーブティー」の
ブレンドレシピが、いくつか書いてありました。
そのなかからジャレットは、目のつかれにもきく
レシピを選《えら》ぶことにします。
「ひと晩中《ばんじゅう》、望遠鏡《ぼうえんきょう》をのぞいているんですもの。目もつかれる
はずよ」

ジャレットは、さっそくそのレシピ通りにつくりはじめました。

それはスッキリしていて、少しすっぱいハーブティー。まぜあわせるハーブは、スウッとするペパーミント。それに、ビタミンC《シー》たっぷりでつかれをとってくれるローズヒップ。

目のつかれにききめのあるマリーゴールド。

そして、さわやかな酸味《さんみ》が眠気《ねむけ》にきくハイビスカスです。

できあがったハーブティーは、体と目のつかれをとって、頭をスッキリさせてくれるだけでなく、おなかの調子《ちょうし》を

ととのえるというききめまでありました。

「これなら、きっと役《やく》に立つわ」

こうしてできあがったハーブティーを、ジャレットはガラスびんに入れて、キュッとふたをしめました。

そして、たなにのせておこうとしたときに、またハワイの絵はがきが目にとまります。

「今度《こんど》の目がさめるハーブティーも、パパとママにはのませたくないわ。飛行機《ひこうき》でねむれなくて困《こま》っているんですもの。それに『せっかちさん』をなおすのにも役に立つとは思えないし」

すると、足もとからラムの声がきこえてきました。

「でも、カールには必要《ひつよう》だよ、ジャレット」

ジャレットはうなずいて、カールの笑顔《えがお》を思いうかべました。おきゃくさまの役《やく》に立てると思うと、とてもしあわせな気もちになれるのです。

「それにくらべて……」

と、ジャレットは首をかしげました。

「カールの研究《けんきゅう》は、それが役立ったかどうか、すぐにはわからないこともあるのよね。わたしだったら、つくった薬《くすり》がきいたかどうか、すぐにでも知りたいわ。百年も待《ま》つなんて、とんでもない」

カールたち天文学者《てんもんがくしゃ》がどうしてそんなに気長になれるのか、ジャレットには、わかりませんでした。

7

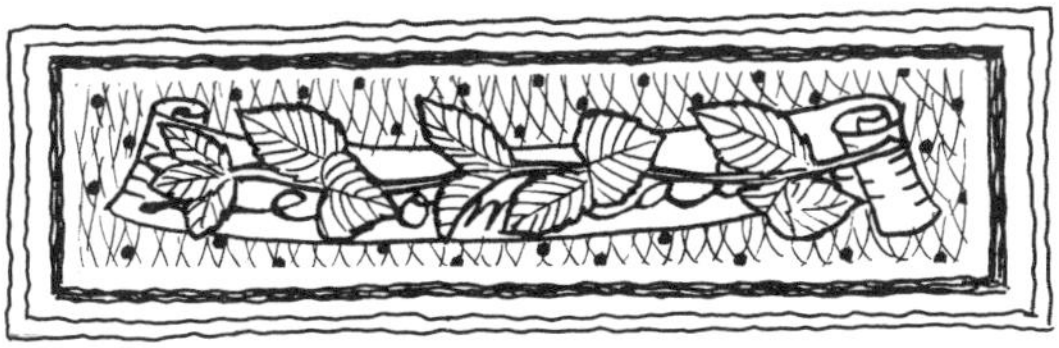

時間の女《め》神《がみ》

つぎの日。約束《やくそく》通り、カールがまたやってきました。

「いらっしゃいませ、カール」

きょうのカールは、ロケットの絵のT《ティー》シャツを着《き》ています。

「やあ、魔女《まじょ》ジャレット。注文《ちゅうもん》したハーブティーはできあがっているかな?」

「ええ、もちろん」

ジャレットはハーブティーの入ったびんをさしだしました。

カールはびんを受《う》けとって、め

ずらしそうに見てから、ふたをあけました。

そして、そこへ鼻《はな》をつっこむと、こういいます。

「う～ん、いいかおりだ。でも、どんな味《あじ》がするのかな？」

そうきいて、ジャレットは、にっこりとわらいました。

「いま、たしかめてみたら？　カール。トパーズ荘《そう》のキッチンでいれてあげるわ」

すると、カールはとて

もよろこびます。

「それはうれしいね、ジャレット。おいしいいれ方のお手本も見られるってわけだ」

キッチンに案内《あんない》されたカールは、この古い館《やかた》をすっかり気に入りました。

「古い家はいいなあ。魔女《まじょ》の家なら、なおさらだ」

あたりをキョロキョロ見まわしながら、カールはテーブルの前にすわります。そこへ、ジャレッ

トが、お茶《ちゃ》の道具《どうぐ》をはこんできました。ポットやカップがふれあって、カチャカチャと気もちのいい音を立てています。

「まず、ポットにハーブティーの茶葉《ちゃば》をいれて、それからよくわいたお湯《ゆ》を注《そそ》ぐのよ」

そういって、ジャレットはポットにふたをしました。ポットのなかでは、茶葉がクルクルと舞《ま》いながら、葉をひろげているはずです。

「ここで三分待《ま》つの」

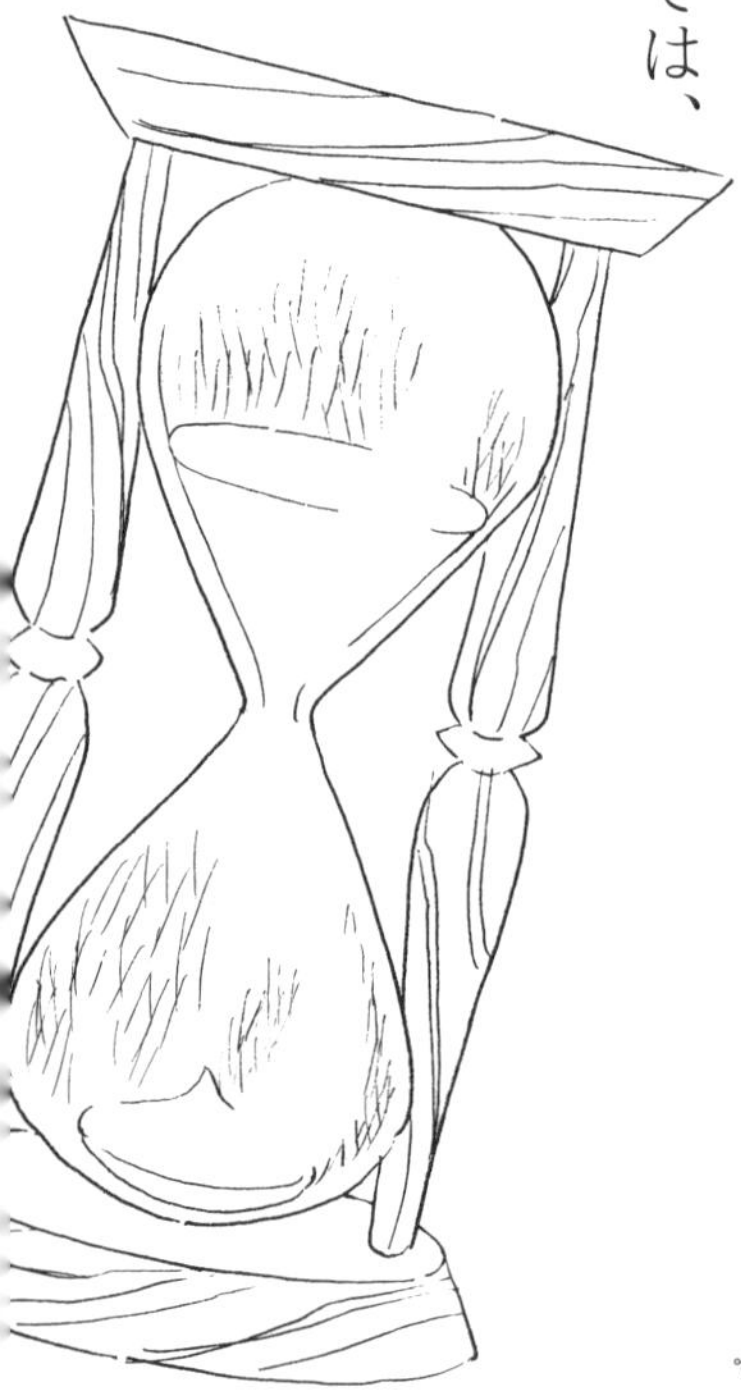

というと同時に、小さな砂時計《すなどけい》をひっくりかえしました。たちまちまっ白な砂《すな》が、サーッと落《お》ちはじめます。

「この砂が落ちきれば、ちょうど三分よ。それよりはやすぎれば、ハーブのききめがとけださないし、おそすぎれば、しぶいお茶《ちゃ》になっちゃうの。だから時間はとても大事《だいじ》なのよ」

カールはうなずいて、しんけんな顔で砂時計《すなどけい》を見つめました。

砂のさいごのひとつぶが落《お》ちると、ジャレットは茶こしをカップにのせて、ポットのお茶を注《そそ》ぎます。さわやかなかおりが、あたりにふわっとひろがりました。

「観測《かんそく》のときは、水とうに注《そそ》いで、もっていってね。ハチミツを入れてあまくしてもおいしいわ」

そしてカールに、湯気《ゆげ》の立つティーカップをさしだしました。

「さあ、めしあがれ」

「たしかに、目がさめそうなかおりだ。ありがたいね」

それからカールは、待《ま》ちきれないようすでひと口すすりました。

「うん、おいしい！」

そのことばをきいて、ジャレットはほっとします。カールはもうひと口のんでから、にっこりとわらいました。

「とても気に入ったよ、ジャレット。でも自分でいれても、おなじ味《あじ》になるのかなあ？」

ちょっとしんぱいそうなカールをはげますように、ジャレットはうなずきます。

「きっとだいじょうぶ。ちゃんと時間をまもればね。そうだわ、これももっていって」

ジャレットは砂時計《すなどけい》をカールにさしだしました。

と、そのとき。カールが背《せ》にしている窓辺《まどべ》を見て、ジャレットは、あっと声をあげます。

「芽《め》がでてるわ！」

バジルの種《たね》を植《う》えた鉢《はち》に、とうとう小さなふた葉《ば》が顔をだしたのです。

「なんてふしぎなんでしょう。もう芽はでないと思っていたのに。いっしょに種まきした種は、

全部《ぜんぶ》二週間も前に芽《め》をだしたのよ」

そういって、ジャレットは鉢《はち》をのぞきこみます。

するとカールは、ゆかいそうにわらいました。

「ちっともふしぎじゃないさ、ジャレット。どんなものにだって『それぞれのペース』ってものがあるからね。この種《たね》のペースは、ほかの種とちょっとちがっていただけさ」

そのことばをきいて、ジャレットは、ハッとなりました。カールはこうつづけます。

「人間だって、みんなそれぞれペースがちがうよね。せっかちさんも、のんびり屋《や》もいる。この種がおくれて芽をだしたのも、ぼくの研究《けんきゅう》が時間がかかるのも、それとおなじさ」

それからジャレットからもらった砂時計《すなどけい》を、ひっくりかえして見せました。

「ほら、ジャレット。このハーブティー用《よう》の砂時計《すなどけい》は三分で砂が落《お》ちるよね。つまりは、お茶《ちゃ》には三分がちょうどいい時間、それとおなじくらい、彗星《すいせい》がひとまわりするには百年がちょうどいい時間ってわけさ。時間の女神《めがみ》は、きっとそれぞれにふさわしい時間をわりあてているんだよ。だからそれが長いとか、短《みじか》いとかは、関係《かんけい》ないんだ」

そのことばをきいて、ジャレットは胸《むね》に手をあてました。

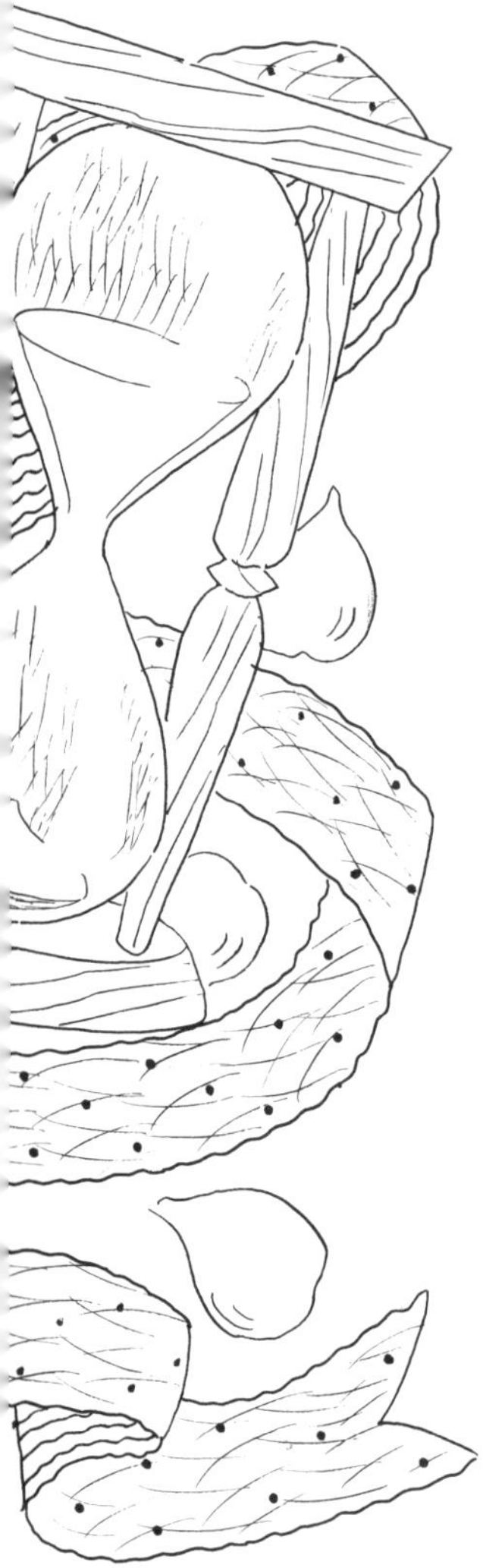

「時間の女神《めがみ》……。なんてロマンチックなんでしょう。それぞれにぴったりの時間があるなら、ステキだわ。そう思えば、せかせかあわてたり、なかなかうまくいかないからって、落《お》ちこんだりしなくてよくなるもの」

そのときジャレットは、「彗星《すいせい》の研究《けんきゅう》は時間がかかるけど、それでいい」というカールの話を思いだしました。

はじめて、カールの気もちがわかった気がしたのです。

「このハーブティーで、カールを応援《おうえん》できてうれしいわ」

ジャレットは、心からそういいます。

でもカールはというと、落《お》ちていく砂《すな》を夢中《むちゅう》で見ながら、こんなことをいっただけでした。

「三分もいいけど、たとえば三時間かけていれるお茶《ちゃ》はないのかい、ジャレット？　もしあったら、さぞ大きな砂時計《すなどけい》が必要《ひつよう》だろうね。想像《そうぞう》すると、おもしろいなぁ」

8

お日さまがいれるお茶《ちゃ》「サンティー」

その日の夕方。トパーズ荘《そう》にもどってきた子ねこたちは、ジャレットの足もとにあつまっていました。

「きょうは、すごくいいことがあったんだよ、ジャレット」

そういうチコのことばに、ジャレットは、ひざをおって耳をかたむけます。

「まあ。教えてちょうだい、チコ」

そして、チコが話をつづけようとしたとき、アンがさっさとこういいました。
「チョウと友だちに
なったの、
わたしたち」

すると、ベルが
とがめるようにいいなおします。

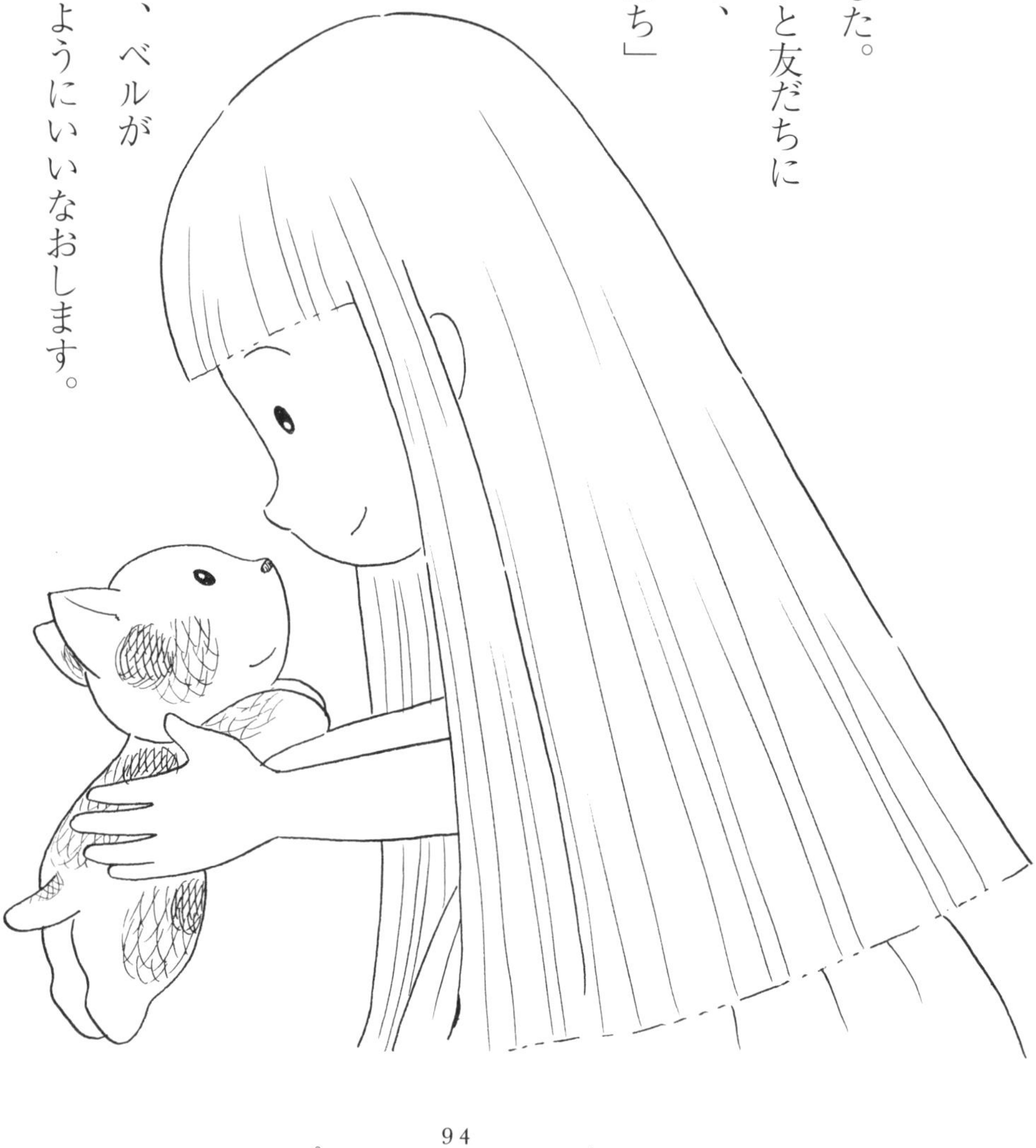

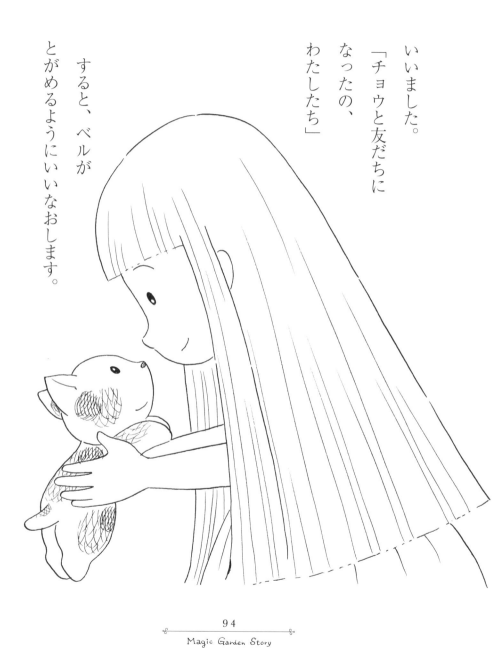

「『わたしたち』じゃないわ、アン。
友だちになったのはミールだけよ」
そうきいて、ジャレットはミールを
ひざにだきあげました。そして、
やさしくこうたずねます。
「みんなが追《お》いかけていたあのチョウね。
どうやって友だちになったの？　ミール」
するとミールは、うれしそうに
こたえました。
「それがね、ぼくは何もしなかったんだよ、
ジャレット。いつもとおなじ。じっとしてただけ。
そうしたら、チョウがとんできて、ぼくの

鼻《はな》にとまったんだ」

ジャレットが感心《かんしん》すると、ニップもこういいます。

「ミールはすごいよ。オイラたち五ひきが毎日追《お》いかけても、チョウはにげまわってばかりだったんだ。それなのに、一度《ど》も追いかけなかったミールのところには、自分からとんできたんだからね」

ラムも、ミールにひたいをすりつけました。

「ぼく、見なおしちゃったよ、ミール。ほしいものや、やりたいこ

とは、ただ追《お》いかけるだけじゃダメなこともあるんだね」

それには、アンもうなずきます。

「のんびり屋《や》さんのほうがいいときもあるなんて、びっくり」

そうきいて、ジャレットは、カールの話を思いだしました。

「そうね、アン。でも、なんでもはやくやればいいわけじゃないって、カールもいっていたわ。お茶《ちゃ》が三分でおいしくなるのは、時間の女神《めがみ》が『三分がふさわしい』ってわりあてたからなのよ。三時間かけていれるお茶はないの？　ともいっていたけれど」

すると、チコがこんなことをいいます。

「もし時間の女神さまが、それぞれにぴったりの時間をわりあてているんなら、三時間かけていれるお茶だって、あるんじゃないのかな？　ジャレット」

そういわれて、ジャレットは以前《いぜん》、「水だしハーブティー」をつくったことを思いだしました。

それは冷《つめ》たい水にハーブを入れて、冷《ひ》やしながらひと晩《ばん》かけてつくるお茶《ちゃ》です。

長い時間をかけていれるお茶が、ほかにもあるかもしれません。

「ねえ、レシピブックにきいてみて！　ジャレット」

子ねこたちにせがまれて、ジャレットはレシピブックを手にとりま

した。そして、首をかしげながらも、こうたずねてみたのです。
「三時間かけてつくる、ハーブティーをのみたいの」
と、レシピブックの宝石《ほうせき》が、すぐにかがやきました。
　それを見て、ジャレットと子ねこたちは、「わあっ」と声をあげます。
　そこに書いてあったのは、「サンティー」というレシピでした。
　そのつくり方を読んでいくうち、ジャレットは、目をまるくします。

「どうやってつくるの？　ジャレット」

「むずかしいの？　ジャレット」

「いいえ。とてもかんたんよ、子ねこたち。ふつうのお水にハーブの葉《は》を入れて、ひなたに三、四時間おいておくだけなんですって」

そうきくと、子ねこたちはふしぎそうに首をかしげました。

「それでハーブティーになるの？　ジャレット」

ジャレットはレシピブックを読みすすめながら、ゆっくりうなずきました。

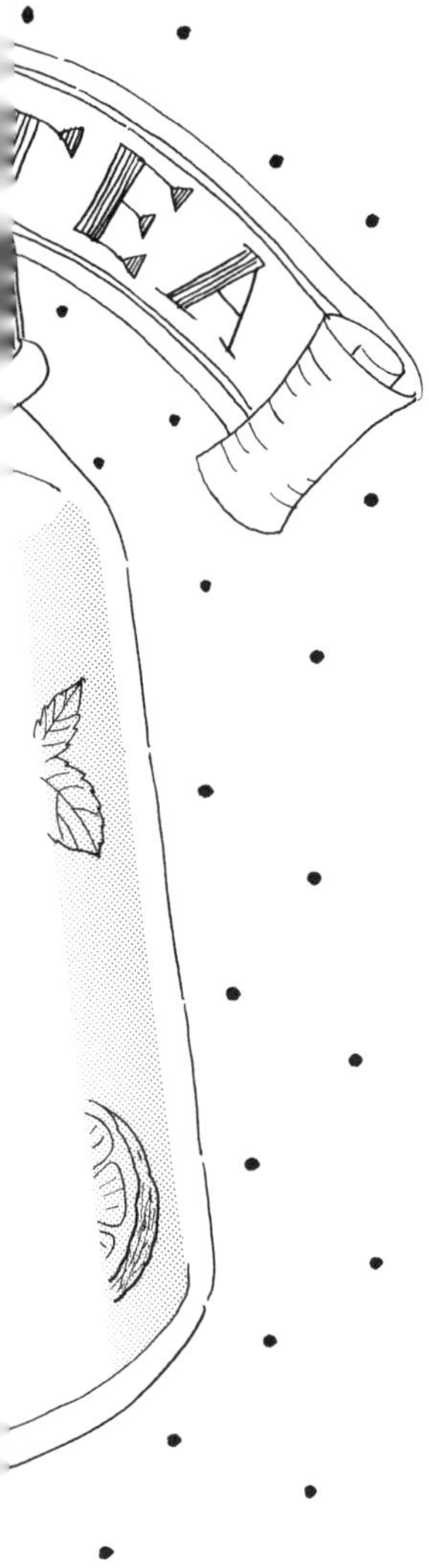

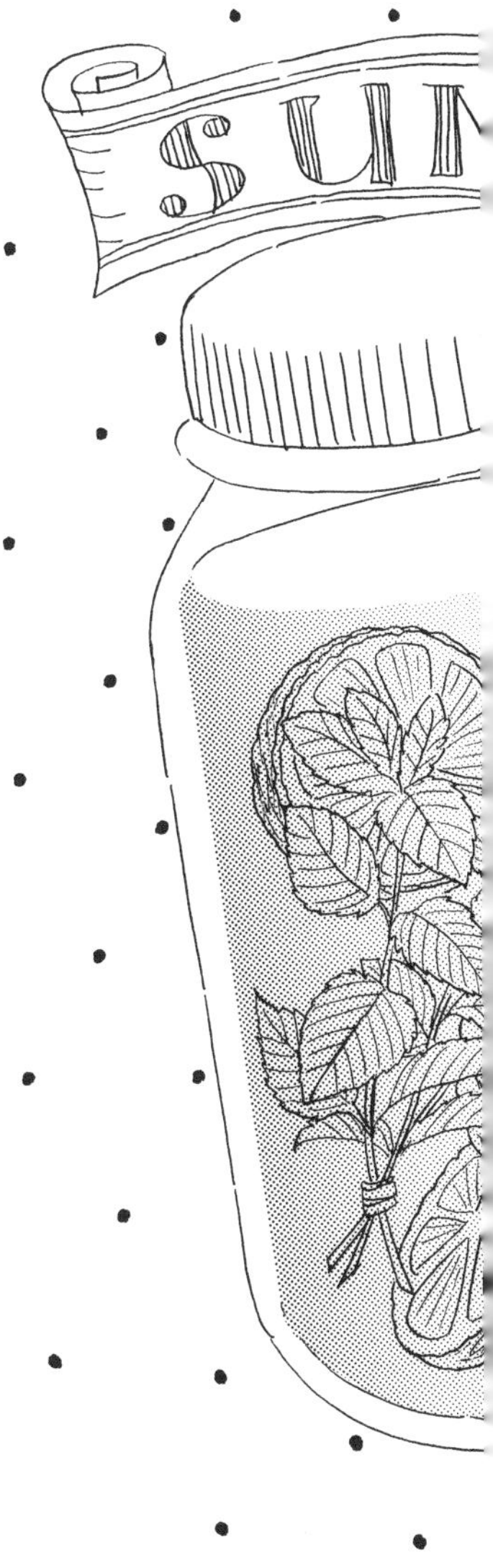

「水とハーブはお日さまの光に温《あたた》められて、少しずつハーブティーになっていくんですって」

「お湯《ゆ》もいらないなんて、びっくりね、ジャレット」

すっかり感心《かんしん》する子ねこたちに、ジャレットはほほえみました。

「SUN《サン》はお日さまのことよ、子ねこたち。このお茶《ちゃ》はお日さまがてってさえいれば、つくることができるの。ステキだわ」

そのうえ、サンティーはどんな茶葉《ちゃば》でもつくることができました。かんそうさせたドライハーブだけではありません。つみたてのし

んせんなハーブでも、おいしくつくることができると書いてありま
す。
ジャレットも子ねこたちも、このレシピを、すっかり気に入りま
した。
「つくってみようよ、ジャレット」
そういわれて、ジャレットはすぐにうなずきます。
「さっそくあした、つくってみましょうね、子ねこたち。あしたも
晴れるかしら？」
そして、窓《まど》をあけて身《み》をのりだしました。見あげると、空には雲
ひとつありません。
「いい天気になりそうだね、ジャレット」
「サンティーをつくるには、ぴったりな日になりそうね、ジャレッ

ト」

ジャレットはうなずいたあと、夜の魔法《まほう》の庭《にわ》のハーブのかおりを思いきりすいこみました。

「毎日暑《あつ》くて、庭のハーブの手入れもたいへんだと思っていたけれど、あしたは、うんと暑くなってほしいわ。おいしいサンティーができあがるように」

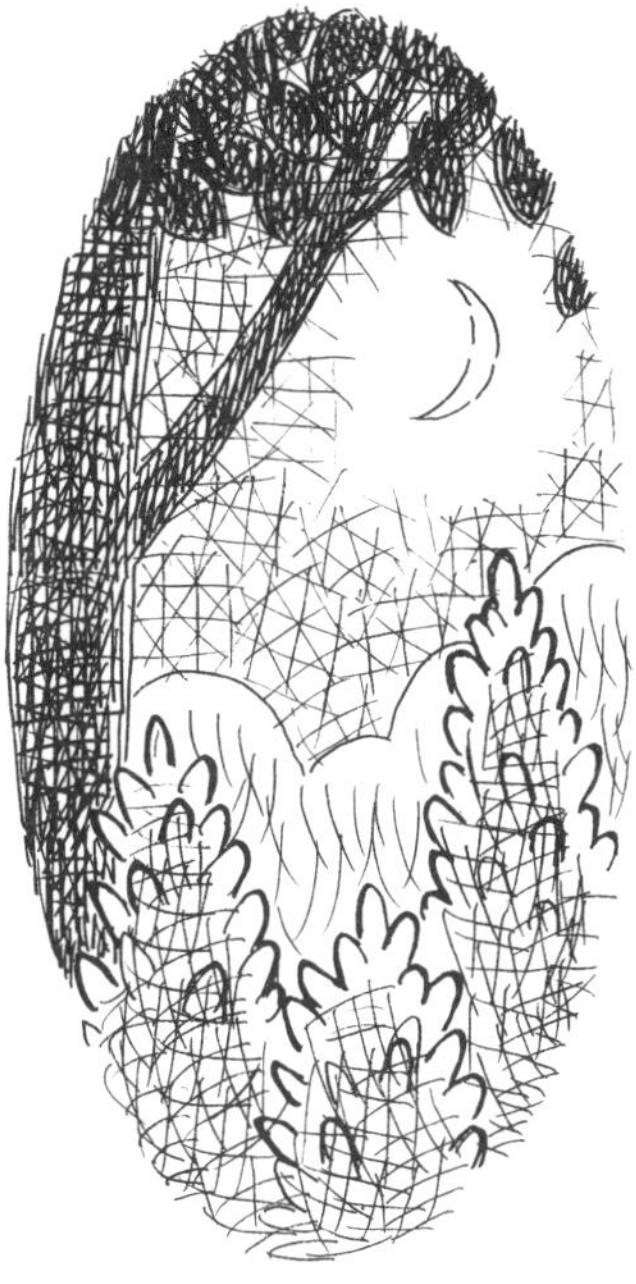

9

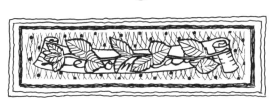

キャミーのペースで

つぎの日のお昼ごろ。

すずしい午前中に庭《にわ》仕事《しごと》をおわらせたジャレットは、キッチンで大きなガラスびんをあらっていました。

このびんは、さっき物《もの》置《お》きからはこんできたばかりです。物置きのおくのたなに、ひっそりと、いくつもならんでいたこのびんのことを、ジャレットはずっとわすれていました。二リットルくらい入りそうなガラスびんです。てっぺんにはふたがのっていて、下にはコックのついたじゃ口がついていました。コックをひねれば、できあがったお茶《ちゃ》をかんたんにグラスに注《そそ》ぐことができるしくみです。サンティーをつくるのにぴったりのびんでした。びんをあらいおわるころ、子ねこたちがジャレットをせかしはじめます。

「お日さまが空のてっぺんまでのぼったよ、ジャレット」

「お庭《にわ》は、もうすごく暑《あつ》くなってるわ、ジャレット」

ジャレットもはりきって、ぼうしをギュッとかぶりました。

「サンティーづくりのはじまりよ」

ジャレットはまず、ひなたにイスをはこびました。それから、あらいたてのびんをそこへのせます。そこへ、ハーブティーのティーバッグを三つ入れました。

「なんのハーブでつくったティーバッグなの？
ジャレット」
「これは、イタチのキャミーにつくって
あげたハーブティーよ、子ねこたち。
たくさんつくりすぎて
しまったから、
のこっていたの。

やる気を
応援《おうえん》してくれる
ハーブティーよ。お日さまで
つくるお茶《ちゃ》にぴったりでしょ？」
さいごにジャレットは、びんに、しんせんな水を注《そそ》ぎいれてふたをします。
「さあ、もう何もしなくていいのよ、子ねこたち。あとはお日さまがハーブティーをいれてくれるはずだから」
ジャレットがそういうと、アンがツンとすまして、こうつづけました。
「お日さまだけじゃないわ、ジャレット。時間の女神《めがみ》さまも、

いっしょにつくってくれるのよ」

それをきいて、ジャレットも、うっとりとうなずきました。

「サンティーは、とってもステキなハーブのお薬《くすり》ね」

しばらくみんなでサンティーのびんをじっと見ていると、ミールの友だちの青いチョウがひらひらとやってきました。

でも、もうだれも追《お》いかけたりはしません。

「みんな、じいっとしていましょ」

「動《うご》くなら、うんとゆっくりね」

子ねこたちは、口ぐちにそういいました。

そんな子ねこたちの目の前を、チョウはゆっくり、ゆうゆうととんでいきます。

そして、一番はしっこにすわっていたアンの耳に、ちょっととまりました。それからまたふわりと舞《ま》いあがり、庭《にわ》の外へと、とんでいってしまいました。

「わたしにとまったわ。リボンみたいに！」

「こんなに近くで見られたのは、はじめて！きれいだったなあ」

「これで、みんな、チョウの友だちになったよね」

子ねこたちは、大よろこびです。

「よかったわね、子ねこたち。さあ、もうトパーズ荘《そう》に入りましょう。サンティーはお日さまにまかせて」

ガラスびんのなかの水は、キラキラとかがやいています。それを見ると、ジャレットはおいしいお茶《ちゃ》ができあがる予感《よかん》がしました。

それから何時間かすぎるまで、ジャレットはいつも通り、トパーズ荘《そう》をすみずみまできれいにしてすごします。そのあいだ、子ねこたちは、冷《つめ》たい石の床《ゆか》の上でうとうとしたりしていました。

窓《まど》からときどきサンティーのびんを見ると、だんだん色づいてくるのがわかります。

「おいしいサンティーをいれるのに必要《ひつよう》な時間は、その日のお天気や温度《おんど》しだい。レシピブックにはそう書いてあったわ。ときどき味《あじ》見《み》にいかなくちゃ」

それからカールのことばを思いだして、くすりとわらいました。

「きっちり三時間というわけじゃないから、大きな砂時計《すなどけい》は必要《ひつよう》なかったわ。カールが知ったら、がっかりしそうね」


その日、サンティーは五時間でできあがりました。冬ならば、もうとっくに日がくれている時間です。でも、夏のお日さまはなかなかしずもうとしません。サンティーができあがったころも、村中を金色の光でそめあげるばかりで、暗《くら》くなる気配《けはい》はまだまだありませんでした。

「のんでみて、ジャレット」

「あたしもなめてみたい、ジャレット」

子ねこたちが、じっとびんを見あげます。

ジャレットは、じゃ口の下にグラスをおいて、コックをひねりました。

お日さまがしあげたハーブティーが、キラキラ光りながらグラスにこぼれおちます。お茶《ちゃ》は、きれいにすんでいて、庭《にわ》とおなじ温《あたた》かさになっていました。

「やさしいかおりがするわ」

ジャレットは、そういってから、ひと口すすりま

す。

「まあ、なんてまろやかなんでしょう！」

ひと口ずつなめた子ねこたちも、満足《まんぞく》そうです。

「ちっとも苦《にが》くないね、ジャレット」

「しぶくもないよ、ジャレット」

そして、今度《こんど》はジャレットが、アンより先にこういいました。

「きっと時間の女神《めがみ》さまが、おいしくなる魔《ま》法《ほう》をかけたのね」

その日。とうとう日も暮《く》れて、ジャレットが夕食の用意《ようい》をはじめようとしていたときのこと。

小さなノックの音が、ゆっくりしたリズムでひびいてきたのです。

ドアをあけると、うなだれたイタチが一ぴき立っていました。

「まあ、キャミー。どうしたの？」

「……お茶《ちゃ》が、じょうずに、いれられないの」

キャミーは、そういうと、しくしくと泣《な》きはじめてしまいました。

子ねこたちが
はげましても、なかなか
涙《なみだ》が止まりません。
のんびり屋《や》のキャミーは、
ティーバッグを長くお湯《ゆ》につけすぎているようでした。
何度《なんど》やっても、失敗《しっぱい》してしまうというのです。
「……お茶《ちゃ》は、すっかり、しぶくなって、とても、のむことが、できなかったの」

キャミーはこの前トパーズ荘《そう》へきたときよりも、ずっと落《お》ちこんでいました。

「……わたしったら、また、失敗《しっぱい》。のろまを、なおすお茶《ちゃ》も、ちゃんと、いれられないなんて……」

そういって、ますますがっくりとうなだれます。

そんなキャミーに、ジャレットは一ぱいのお茶をさしだしました。

「さあ、キャミー。このお茶をのんでみて。サンティーっていうのよ。

キャミーにつくってあげたハーブティーとおなじ茶葉《ちゃば》でつくったの」

ガラスのグラスに入ったお茶を、キャミーはふしぎそうにながめています。ジャレットは、こうつづけました。

「サンティーをいれるには、五時間もかかるのよ」

それをきくと、キャミーははじめて顔をあげました。そして、なさけなさそうにジャレットを見つめたのです。

「……まあ、びっくり。三分で、いれられる、お茶を、五時間も、かけて、いれるなんて、……サンティーは、まるで、わたしみたいな、のろまなお茶ね」

そして、ため息《いき》をついてから、ひと口すすりました。

すると、キャミーの目は、みるみる見ひらかれていったのです。

「……おいしい！　ちっとも、しぶくない」

ジャレットは、やさしくうなずきました。

「そうなのよ、キャミー。サンティーは、ふつうのハーブティーの何倍《ばい》も時間がかかるけれど、おなじようにおいしい。いいえ、それ以《い》上《じょう》にまろやかで、ステキなハーブティーになるの。キャミーも、きっとおなじなのよ」

「……サンティーと、おなじ？」

とまどうキャミーの顔を、ジャレットはじっとのぞきこみました。

「キャミーは、みんなより少しよぶんに時間がかかるだけ。あせらずに時間をかければ、みんなとおなじようにできるわ。いいえ、それ以上《いじょう》に上手《じょうず》にできるかも。なんだってよ！」

そうきいて、キャミーはおどろきました。

「……なんだって、できる……？　わたしが？」

「そうだよ、キャミー」

ミールがそういうと、ほかの子ねこたちも口ぐちにいいました。

「おいらもそう思うよ、キャミー」

「わたしも」

キャミーは、サンティーをじっと見つめて、もうひと口すすりました。

そして、だんだん笑顔《えがお》になっていったのです。

「ハーブティーのききめは、いかがかしら？　キャミー」

ジャレットがそうたずねると、キャミーはじっと考えてから、ゆっくりこたえました。

「……とても、きいたみたい、ジャレットさん。落《お》ちこむことは、なかったのね。わたしの、ペースで、わたしの、やりかたで、ゆっくりやれば、いいいんだわ」

そう思うと、キャミーの心のなかに、ステキな気もちが生まれてきました。いままで一度《ど》も感《かん》じたことのない気もち。自分を信《しん》じる自信です。そして、今度は目をかがやかせて、ジャレットを見あげました。

「……ゆっくり、だったら、なんだって、できる、気がするわ！」

10

レモンバームのタッジーマッジー

キャミーは涙《なみだ》もかわいて、すっかり元気になりました。

子ねこたちもよろこんで、そんなキャミーにおでこやほっぺをスリスリとすりつけます。

そのとき、ニップがスンスンとキャミーの毛皮《けがわ》のにおいをかぎました。

「なんだかいいにおいがするなあ。レモンみたいなかおりだ」

ジャレットも顔を近づけると、たしかにそんなかおりがしました。

すると、キャミーもうっとりとうなずきます。

「……この、庭《にわ》で、ついた、においよ」

そして、さっき魔法《まほう》の庭を歩いたときに、レモンのにおいのするしげみのなかを通ったことを話しました。キャミーはひどく落《お》ちこんでいたので、やっぱり森にひきかえそうと考えていたところでした。ところが、このレモンのようなにおいにつつまれたとたん、やっぱりジャレットにもう一度相談《どそうだん》しよう、という気もちになったというのです。

そこまできくと、ジャレットはうなずきました。

「キャミーは、レモンバームのしげみを通ったのね」

レモンバームは、落ちこんだ気もちを立てなおすききめのあるハーブ。自分のペースをとりもどして、何が一番大事《だいじ》なのかを思いだ

させてくれるのです。自信《じしん》をなくしたり、あわてていたりするときにぴったりでした。

レモンバームほど、いまのキャミーにぴったりなハーブはないかもしれません。そう気がついて、ジャレットはこういいます。

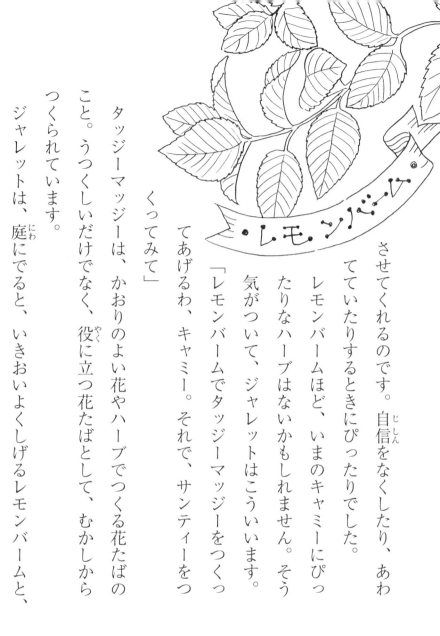

「レモンバームでタッジーマッジーをつくってあげるわ、キャミー。それで、サンティーをつくってみて」

タッジーマッジーは、かおりのよい花やハーブでつくる花たばのこと。うつくしいだけでなく、役《やく》に立つ花たばとして、むかしからつくられています。

ジャレットは、庭《にわ》にでると、いきおいよくしげるレモンバームと、おくれてさいたラベンダーを少しつみました。そして、細いわらでキュッとしばり、小さなタッジーマッジーをつくったのです。

ラベンダーは、気もちを落《お》ちつけて、やる気をとりもどすハーブ。レモンバームのききめとよく合います。なにより、むらさき色がうつくしく、ステキなタッジーマッジーになりました。

　ジャレットは、タッジーマッジーをキャミーにわたして、こういいました。

「あした、お日さまの光が強くなるころに、このタッジーマッジーを水さしにしずめてね。そして、ひなたに放《ほう》っておいて。夕方には、おいしくて元気になれるサンティーがのめるわよ」

「……何時間って、きまって、ないの？」

そうたずねられて、ジャレットは少し考えました。でも、けっきょくこうこたえたのです。

「サンティーができあがる時間は、お日さま次第《しだい》なの。だから、おいしくなったときが、のむとき。それが時間の女神《めがみ》さま流《りゅう》のティータイムなのよ」

こうしてキャミーを見おくったあとも、ジャレットと子ねこは、レモンバームのしげみにたたずんでいました。

「レモンバームは、自分のペースをとりもどすハーブ。のんびり屋《や》さんにきくだけじゃなくて、せっかちさんにも、きくはずよ」

正反対《せいはんたい》なのに、おなじハーブがきくなんてふしぎです。

しばらくすると、あい色になりはじめた空に、星が光りはじめました。

「あしたから彗星《すいせい》が見えるのね」

ジャレットは空を見あげてそういったあと、「あっ」とさけびました。

とてもいいことを思いついたのです。

11

百年に一度《ど》のティーパーティー

つぎの日。
ジャレットは庭《にわ》の戸口の前に、
小さなかんばんをだしました。

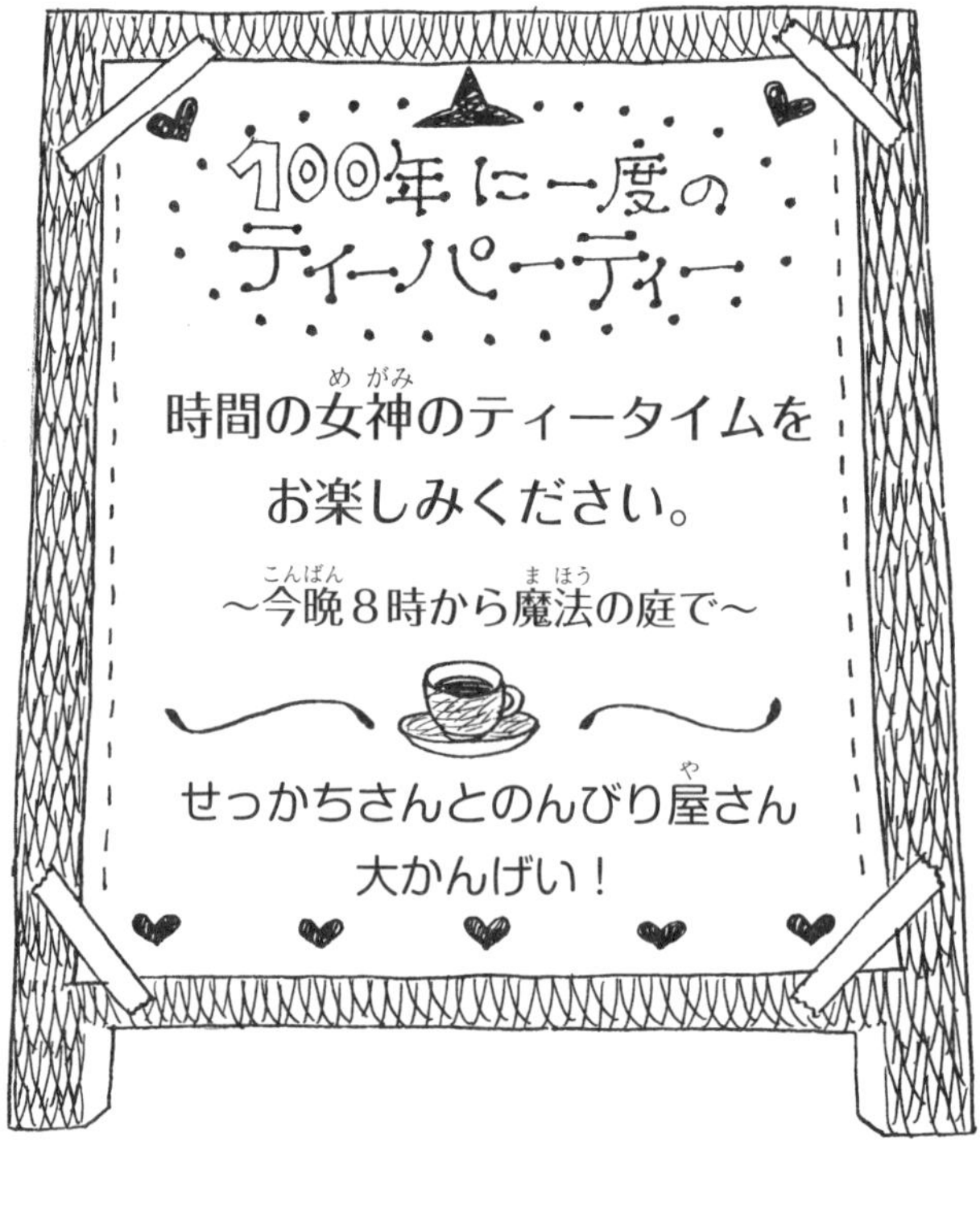

ジャレットが、きのうの夜思いついたのは、このパーティーです。せっかちさんも、のんびり屋《や》さんも、おなじハーブティーでなおす夜のお茶《ちゃ》会《かい》でした。

昼前に遊《あそ》びにやってきたスーとエイプリルは、このかんばんを見て大よろこびします。

「ステキ！　パーティーを手伝《てつだ》わせてちょうだい、ジャレット」

「もちろんよ、スー、エイプリル。お願《ねが》いしようと思っていたの。わたしたち三人の魔女《まじょ》で、おきゃくさまをもてなしましょう」

ジャレットが、せっかちさんをなおすハーブティーをつくるときいて、ふたりはママもさそおうと決《き》めました。

「わたしはいまから村の人たちに、このティーパーティーのことを知らせてくるわ」

体を動《うご》かすのが大好《だいす》きなスーは、そういってかけだしました。エイプリルはというと、ジャレットからかりたエプロンをつけたところです。

「わたしは、パーティーのじゅんびを手伝《てつだ》うわね」

ティーパーティーでふるまうのは、もちろんレモンバームのサンティーです。エイプリルとジャレットは、物置《ものお》きのたなにならんでいたガラスびんを、のこらずはこびだしました。そしてきれいにあらうと、ひなたにおいたテーブルにならべます。

「つぎは、茶葉《ちゃば》を用意《ようい》しましょう。茶葉といっても、きょう使《つか》うのは、フレッシュハーブでつくったタッジーマッジーよ」

そういってジャレットは、大きなバスケットいっぱいのハーブをもってきました。

今朝《けさ》、ジャレットは早おきして、ハーブのかおりが一番強くなる夜明けにつんでおいたのです。バスケットのなかのハーブは、半分がレモンバームでした。

「どのびんにも、レモンバームのタッジーマッジーを入れるのね、ジャレット」

エイプリルがそういうと、ジャレットはうなずきます。

「レモンバームは、せっかちさんとのんびり屋《や》さんのお薬《くすり》ですもの。でも、レモンバームに組みあわせるハーブは、びんごとに全部《ぜんぶ》変《か》えて、タッジーマッジーをつくるつもりよ」

そういって、レモンバームをよけると、そこには、いろいろなハーブが入っていました。ラベンダー、バラ、マロウ……魔法《まほう》の庭《にわ》をいろどる花ばな。そのほかにも、スウッとするペパーミントやローズマリー。タッジーマッジーにはできないけれど、輪切《わぎ》りにしてびんに入れるオレンジとショウガも

用意《ようい》されていました。

それからふたりできれいなタッジーマッジーをいくつもつくり、びんへ入れていきました。そこへ水を注《そそ》ぐと、とてもうつくしいようすになります。

「まあ、タッジーマッジーのびんづめだわ。とてもきれい」

エイプリルは、うっとりしています。

「これで、お茶《ちゃ》の用意はおしまいよ。お日さまがしずむまでには、

おいしいサンティーができあがるはずだわ」

それからふたりは、トパーズ荘《そう》でお皿《さら》やカップをそろえたり、お菓子《かし》を用意《ようい》したりしました。今夜は電灯《でんとう》をつけないので、キャンドルもわすれずにじゅんびしなければなりません。

スーがもどってくると、三人でうす暗《ぐら》くなりはじめた空を見あげました。

「今夜のティーパーティーの出し物は、なんといっても彗星《すいせい》ね」

スーがそういうと、ジャレットもエイプリルもうなずきました。

「百年ぶりにやってくる彗星ですもの。このパーティーも百年に一度《ど》きりのティーパーティーってことになるわ」

さいごに魔女《まじょ》ぼうしをかぶれば、パーティーのじゅんびはおしまい。三人の魔女は顔を見あわせて、楽しそうにわらいました。

その夜のティーパーティー。

魔法《まほう》の庭《にわ》には、とてもたくさんの人があつまりました。おどろいたことに、みんな自分のことを、のんびり屋《や》さんか、せっかちさんだと思っているようです。その両方《りょうほう》だと思っている人までいました。

「彗星《すいせい》が見えてきたぞ」

「やあ、ほんとうだ」

その声を合図に、みんなが空を見あげました。

カールが教えてくれた方向《ほうこう》の空に、光の尾《お》をひく彗星がかがやき

はじめています。空のあい色が深《ふか》さをますにつれて、そのすがたはハッキリと見えるようになっていきました。百年でたった数日のショータイムがはじまったのです。

「この星を、百年前の人も見ていたのね」

ジャレットがそういうと、スーとエイプリルもこうつづけました。

「二百年前の人もよ」

「三百年前の人も」

子ねこたちも、じっと夜空を見あげています。

キャンドルの光でてらされた魔法《まほう》の庭《にわ》は、どんなりっぱなホールよりもステキなパーティー会場に見えました。

夜のすずしい風がふきぬけると、のこっていた昼間の暑《あつ》さも消《き》えていきます。そのかわりに、魔法の庭のハーブのかおりが、すうっ

と立ちのぼりはじめました。

「なんておいしいお茶《ちゃ》かしら」

「こんなお茶で、のどをうるおすと、いそがしかった一日がうそみたいだわ」

こんなふうにのんびりと、ただ空を見あげるなんて、ひさしぶりのことでした。

そして、スーとエイプリルのママ、ここへきた大人《おとな》たちは、星を見あげてこう思ったのです。

（自分はいつのまにか、せっかちさんになっていたんだなあ）
もちろん、キャミーやミールのようなのんびり屋《や》さんもいました。
そんな人たちもサンティーをのむと元気がでて、
このティーパーティーを
楽しんだのです。

ティーパーティーは大成功《だいせいこう》。

時間の女神《めがみ》が魔法《まほう》をかけたサンティーをのんで、みんな自分のペースをとりもどしてくれたようです。

ジャレットたち三人の魔女が、願《ねが》った通りになりました。

パーティーもおわり、そのつぎの日の朝はやく。
彗星《すいせい》の観測《かんそく》をおえたカールが、トパーズ荘《そう》へやってきました。

きょうのT《ティー》シャツは、タコ形《がた》宇《う》宙人《ちゅうじん》の絵です。

「おはよう、魔女《まじょ》ジャレット。ハーブティーのおかげで、がんばれたよ」

カールは、そうお礼《れい》をいいにきたのでした。そして、感心《かんしん》したようすで、魔法《まほう》の庭《にわ》を見わたします。

「ハーブはほんとうに役《やく》に立つ植物《しょくぶつ》なんだね。なにより、ハーブが健康《けんこう》に役立つことに、はじめて気づいた人はすごいなあ」

そのことばに、ジャレットはうなずきました。

「はじめて気づいた人は大むかしの人よ、カール。クレオパトラの時代《じだい》には、ハーブはもう使《つか》われていたんですもの。それからずっといろいろな時代の人がいろいろな薬草《やくそう》を見つけて、ハーブはふえていったの。いまでも『プラントハンター』ってよばれる人たちが、あたらしいハーブをさがして、世界中《せかいじゅう》をとびまわっているのよ」

その話をきいて、カールは

目をまるくしました。

「そりゃすごい！　ハレー彗星《すいせい》なみの歴史《れきし》だ」

そういわれて、ジャレットもおどろきました。たしかにそうです。

「ハーブも、彗星の研究《けんきゅう》ににてるね、ジャレット。むかしからいい伝《つた》えられたことの、つみかさねでできているんだ。ぼくは、まっ暗《くら》な夜に、ひとりぼっちで望遠鏡《ぼうえんきょう》をのぞくときも、さびしくないんだよ。百年前の学者といっしょに、研究してるん

だって思えるからね。ジャレットもそうじゃないのかな」

「ええ。そう思うわ、カール」

ジャレットは、すぐにそうこたえました。

（わたしも、トパーズといっしょに薬《くすり》をつくっているんだわ）

そう思ったからです。

また大きなあくびをしたカールに、ジャレットは一ぱいだけのこっていたサンティーをふるまいました。

「このハーブティーは、三時間かけていれたのよ」

そうきくと、カールはおどろきました。

「三時間も⁉　まるで彗星《すいせい》の観測《かんそく》みたいに気の長いハーブティーだなぁ。そんなお茶《ちゃ》があってうれしいよ」

そして、おいしそうにのみほします。

「ごちそうさま、ジャレット。さあ、今夜にそなえて、ひとねむりしよう」

もう一度《ど》大きなあくびをすると、カールは帰っていきました。

12

手紙

その日。ジャレットに、パパとママからまた手紙がとどきました。

「パパとママは、まだハワイにいるの？　ジャレット」

そうたずねる子ねこたちに、ジャレットは首をふりました。

「いいえ、もうハワイを出発《しゅっぱつ》したそうよ。なかなか会えなくてさびしいって書いてあるわ」

その手紙のさいごは、こんな文《ぶん》章《しょう》でしめくくってありました。

そばにいなくても、わたしたちがジャレットを
思う気もちは、太陽《たいよう》の光のように、月の光のように、
いつもジャレットをつつんでいることをわすれないで。

パパとママより

ジャレットは、うれしくなってうなずきました。

パパやママは、ジャレットにとってお日さまの光にちがいありません。お日さまがサンティーをおいしくつくりあげるように、ジャレットをいつなりと応援《おうえん》してくれているからです。

（スーやエイプリル。村の人たちもそうだわ。それから、トパーズも……）

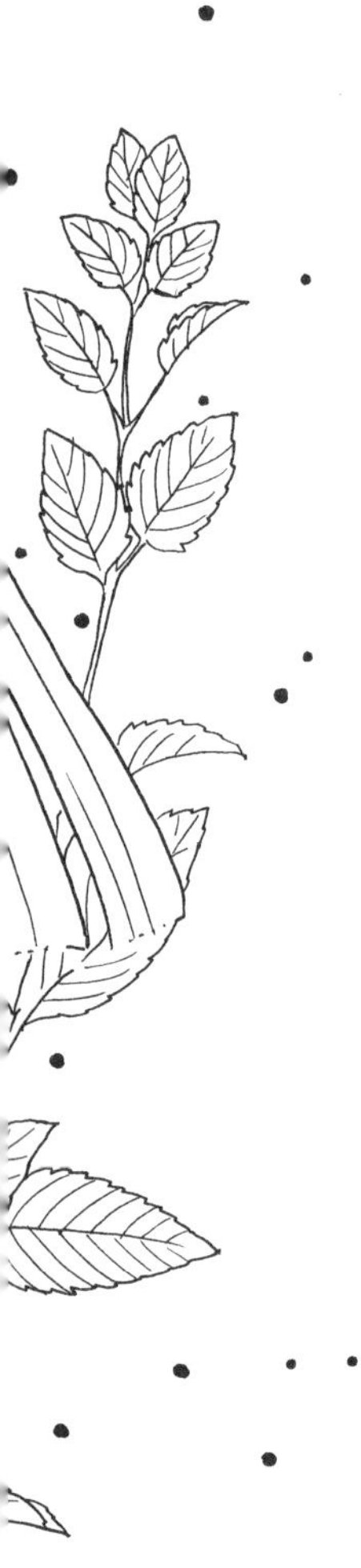

ジャレットは、レシピブックを手にとりました。

（たとえおなじ時代《じだい》に生きていなくても、レシピブックという形《かたち》になって、トパーズはずっと見まもってくれているんだわ）

そう思うと、時間はかかっても、トパーズのようなりっぱなハーブの薬《くすり》屋《や》さんになれる気がしてきます。

窓《まど》辺《べ》には、芽《め》がでたバジル。ふた葉《ば》のあいだから、大人《おとな》の葉っぱが顔をだしていました。

これなら、あと一週間で庭《にわ》に植《う》えかえられるでしょう。

窓をあけると、レモンバームのかおりがトパーズ荘《そう》へふんわりと流《なが》れこんできます。

「きょうは、レモンバームのドライハーブをつくりましょう」
それでサシェをつくって、パパとママにおくるつもりです。いそがしいふたりが、レモンバームのかおりで、自分のペースをとりもどせるように。そして、魔法《まほう》の庭《にわ》でゆっくりできる日を、楽しみにできるように……。

ジャレットのハーブレッスン

SUN《サン》TEA《ティー》のつくり方

材料《ざいりょう》の分量《ぶんりょう》も、時間も、
おこのみ次第《しだい》。
味を見ながら、つくってね。
できあがったお茶《ちゃ》は、
冷《ひ》やしてもおいしいの。

つくりかた

1 きれいにあらったとうめいなびんに、ハーブティーのティーバッグを入れます。
（1L《リットル》につき、ティーバッグ2こくらいが目安《めやす》です。）

つくったお茶は、
その日のうちに
のみきってね！

3 自分の好《す》きな「こさ」や味になるまで、3～7時間ほどお日さまにあててから、ティーバッグをとりだせば、できあがり！
（生《なま》のハーブなら、そのまま入れておいても OK《オーケー》！ ハチミツであまくするのもオススメです。）

ふつうの紅茶《こうちゃ》や、
アールグレイのような
フレーバーティーで
つくってもおいしいよ！

2 1に水を入れて、しっかりふたをしてから、日なたや、日あたりのよい窓辺《まどべ》において、ときどき味見《あじみ》をします。
（おいしくなるまで待ちましょう。）

すっごくかんたんよ！

フレッシュハーブのサンティーいろいろ

※花やハーブは食用《しょくよう》のものを使いましょう。

生のハーブやフルーツでも
サンティーができるよ！

カップサイズのびんで、
ひとり用《よう》のサンティーを
つくってみよう。 ガーデン
パーティーやピクニックにぴったり！

カップサンティー

ドライハーブのサンティー

お店で売っているティーバッグ
でつくれば、かんたん！
自分でブレンドした茶葉《ちゃば》は、
ティーバッグ用のふくろに入れて
使《つか》ってね。

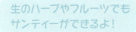

作・絵　あんびるやすこ
群馬県生まれ。東海大学文学部日本文学科卒業。主な作品に、「ルルとララ」シリーズ、「なんでも魔女商会」シリーズ、「アンティークFUGA」シリーズ（以上岩崎書店）、『せかいいちおいしいレストラン』「こじまのもり」シリーズ（以上ひさかたチャイルド）『妖精の家具、おつくりします。』『妖精のぼうし、おゆずりします。』（以上PHP研究所）『まじょのまほうやさん』「魔法の庭ものがたり」シリーズ（以上ポプラ社）などがある。
公式ホームページ　http://www.ambiru-yasuko.com/

お手紙、おまちしています！　いただいたお手紙は作者におわたしします。
〒160-8565　東京都新宿区大京町22-1
（株）ポプラ社「魔法の庭ものがたり」係

「魔法の庭ものがたり」ホームページ　http://www.poplar.co.jp/mahounoniwa/

ポプラ 70 物語館　**ポプラ物語館 70**

魔法の庭ものがたり 19
時間《じかん》の女神《めがみ》のティータイム

2016年8月　第1刷
作・絵　あんびるやすこ
発行者・長谷川 均
編集・安倍まり子
デザイン・宮本久美子　祝田ゆう子
発行所・株式会社ポプラ社
〒160-8565　東京都新宿区大京町22-1
振替　00140-3-149271　電話（編集）03-3357-2216
（営業）03-3357-2212
ホームページ http://www.poplar.co.jp
印刷・製本　中央精版印刷株式会社

ISBN978-4-591-15004-7　N.D.C.913/151P/21cm　Printed in Japan

Beru
Chiko
Ramu